ESCREVI PRA VOCÊ HOJE

ESCREVI PRA VOCÊ HOJE

SABINA ANZUATEGUI

Carta de Lucy Westenra a Mina Murray

24 de maio

Minha querida Mina,
Obrigada, obrigada e obrigada
de novo por sua carta carinhosa.
Foi tão bom poder conversar com você
e ter sua compreensão.
Minha querida, nunca chove,
mas vem tempestade.
Como são verdadeiros os velhos ditados.

Abraham "Bram" Stoker

1.

CURITIBA, 31 DE OUTUBRO DE 1990

Oi, Érica.

Pois é. Bem... quer dizer... É. Eu liguei pra você hoje.

Foi preciso juntar muita coragem, acredite. Procurei seu número na lista telefônica, e não tinha nenhum sobrenome Amazonas. Talvez fosse um pseudônimo. Olhei os expedientes de todos os meus exemplares da revista *Twist* até encontrar seu nome completo. Na lista, tinha cinco pessoas com sobrenome igual ao seu. Liguei pra duas, que não atenderam, e a terceira disse que te conhecia, era seu primo em segundo grau. Foi ele quem me deu o número certo. Fiquei uma semana ligando, em horários diferentes, e só chamava: de manhã, ao meio-dia, de madrugada. Por isso, resolvi ligar pra revista.

Eu não queria ligar pra revista porque achava que a secretária nunca ia me passar pra você. E foi quase assim. Liguei e disse:

– Oi, eu queria falar com a Érica Amazonas.

Ela perguntou:

– Da parte de quem?

Eu falei:

– Da minha parte mesmo.

– E qual o seu nome?

– Luísa.

Antes que ela perguntasse quem eu era, fui logo dizendo:

– Olha, eu não sou ninguém, não. Só queria falar uma coisa com ela, bem rapidinho. Mas se não der, tudo bem.

Ela falou "um momento" e eu fiquei esperando. Quando ouvi uma voz bonita (a sua), comecei a tremer. Minha garganta travou, tive medo de não conseguir. Por isso, soltei num jato:

– Oi, meu nome é Luísa. Eu escrevi uma carta pra você e queria mandar pra sua casa, encontrei seu endereço na lista telefônica, você pode confirmar se está certo?

A frase já estava decorada, escolhi as palavras necessárias praquele momento, o resto iria por escrito. Talvez você desligasse na minha cara, era o risco de ser direta. Mas você disse:

– O endereço da minha casa? Você vai pintar lá no meio da noite, por acaso?

Aí, fiquei mais calma. Pude garantir:

– Não, não. Sou moça de família. E, depois, eu moro em Curitiba.

Você riu com o "moça de família", mas não é engraçado, talvez seja triste. Enfim: essa sou eu. Uma adolescente curitibana de dezesseis anos. Gostaria de dizer algo supercharmoso e diferente sobre mim, mas não gosto de mentir. Não sou nem gorda nem magra. Tenho cabelo castanho, pele desbotada por falta de sol, olhos castanho-esverdeados. Estranho falar "castanho-esverdeado" sobre a cor dos olhos. Parece que você não quer aceitar que é totalmente comum, castanha. Não sei por que estou te escrevendo. Claro, a gente escreve porque quer uma resposta. Mas é uma fantasia meio ingênua achar que você me responderia. Então, além de normal e castanha da Silva, acho que também sou ingênua e fantasiosa.

Quando peguei seu endereço na lista, há um mês, escrevi algo que seria uma carta de apresentação. Demorei muito pra mandar. Agora, já não gosto do que escrevi, mas não tenho uma ideia melhor, então é o que segue na próxima folha. Nossa história, desde o começo, como se fosse um conto de fadas:

"Tudo começou numa noite de verão, quando meu pai anunciou que tinha feito uma assinatura da revista Twist *pra mim. Minha mãe fez um escândalo, dizendo que não ia me deixar ler revista de maconheiro. Mas comecei a receber as revistas no endereço do meu pai. É que, depois do divórcio, ele comprou uma moto, agora anda com roupas de couro, quer que eu goste de rock e seja mais moderna.*

Isso foi há um ano. No começo, eu só folheava a revista, procurando alguma coisa que conhecesse. Era curioso, os jornalistas falavam de um/a cantor/a ou banda por uns meses, depois deixavam de lado e passavam a falar de outros. Era como um romance. Eu também gostava de ler as críticas, com elogios e esculhambações apaixonadas de bandas que eu nem conhecia. Com o tempo fui reconhecendo os nomes dos jornalistas de quem eu mais gostava e, entre eles, estava você, minha querida.

Às vezes, eu pegava as revistas antigas e lia de novo tudo o que você tinha escrito. Nem sempre era fácil. Vi no expediente que você editava a seção Porão Brasil, mas essas páginas não eram assinadas. Concluí que você era a autora dos textos, pelo seu estilo. Eu via seu nome, Érica Amazonas (ou as iniciais E.A.), e ficava imaginando que idade você tinha, como você era. Esperava o mês inteiro pra chegar a Twist *nova e, quando chegava, eu lia direto a Porão Brasil e todas as resenhas que você assinava. Era frustrante quando seu nome mal aparecia. Mas se tinha uma matéria especial sua, meu coração se aquecia, eu comentava com as minhas amigas: 'Essa Érica é muito boa'. Para elas, claro, eu te elogiava como jornalista. Sozinha, imaginava muito mais.*

Uma noite, estava em casa assistindo à televisão quando tocou o telefone. Era minha amiga Rafaela.

– Lu, escuta, sei que você vai amar: 'Destaque da semana, sexta-feira, 19h30, TV Cultura, entrevista com Érica Amazonas, da revista Twist*'.*

Fiquei cinco dias sorrindo que nem boba, esperando o horário da entrevista. Finalmente, quando assisti ao programa e te vi inteira, de cabelo curtinho, blazer, camiseta branca e calça jeans, disse pra mim mesma: 'Encontrei a mulher da minha vida'."

Assim acaba meu conto de fadas introdutório.

"Puxa, que história mais linda." (Você diz, emocionada, com lágrimas nos olhos.)

Tá caindo um puta toró lá fora.

Estou te escrevendo às cegas e isso traz alguns riscos. Você pode ser casada, mãe de trigêmeos recém-nascidos que choram a noite toda, viciada em suor masculino e, até, analfabeta (se, por exemplo, você fosse testa de ferro de algum grupo para espalhar ideias subversivas na imprensa nacional). Mas cultivo a esperança que simpatize, ainda que discretamente, com garotas platonicamente apaixonadas. Quanto ao casamento, não me importaria muito, pois desde que li o livro *Colônia Cecília* virei anarquista e acredito no amor livre. Mas, talvez, seu marido se importasse.

Bom, deixa pra lá.

O telefone da sua casa foi cortado por falta de pagamento, segundo você explicou quando liguei pra revista, então minha única certeza é esta: você é inadimplente.

Se ler esta carta e tiver bom coração pra me responder, tenho umas perguntas:

Você fala a verdade mesmo, quando escreve?

Gosta do que diz que gosta?

É mesmo tão inacreditavelmente incrível quanto parece ser?

Tem mesmo vinte e quatro anos?

Como é possível ser uma jornalista tão genial assim tão nova?

Chega de perguntas.

Tchau.

(Não diga adeus, diga até logo, amor.)

P.S.: Amazonas é mesmo um pseudônimo? Por que você não assina com seu sobrenome verdadeiro?

CURITIBA, 17 DE NOVEMBRO DE 1990

Oi.

Hoje é sábado. A primeira carta que pus no correio foi numa quinta-feira, 1º de novembro. Duas semanas atrás. Se era pra você responder, acho que já deu tempo, talvez chegue sua resposta na segunda-feira, depois de amanhã. Estou ansiosa. Esperei essas duas semanas antes de continuar escrevendo só pra ver se recebia algum sinal de fumaça seu por aqui. Se você acha desagradável receber cartas de desconhecidas, avise que eu paro.

Eu pensei: e se ela estiver rindo da minha cara? E se eu estiver fazendo papel de palhaça? Sei que ser adolescente é comprometedor. Quer dizer, por mais que me esforce, vou sempre dar foras.

Hoje, uma menina da minha turma perguntou se você já tinha respondido. Ficou decepcionada quando eu disse que não. Disse que eu devia escrever de novo *pedindo* pra você responder. Acho que já te disse, claro: minhas amigas acreditam que você é minha ídola jornalista e te admiro profissionalmente e meu sonho é ser jornalista como você. Elas não têm ideia das chamas que me queimam por dentro.

Desculpe pela frase cafona.

Tenho que tomar cuidado pra não mudar de assunto muito de repente, pra não tirar a continuidade da carta. Mas é meio difícil, já que eu escrevo e não passo a limpo depois. Lembra um negócio que você escreveu sobre os Heróis da Resistência, que não "ultrapassavam os limites do medíocre" e que "as coisas pioram sensivelmente quando se presta atenção nas letras"? Foi uma revelação chocante sobre coisas que eu gostava, mas na verdade eram bregas. Antes eu adorava esta letra: "Eu tiro a roupa pra você/ minha maior ficção de amor". Agora tento me purificar desse sentimentalismo barato.

Enfim... Se você estava rindo da minha cara, esta carta te dá mais um motivo.

Tchau.

SEM DATA, HOJE

Ai, ai, ai.

Tá chovendo, estou com cólica. Já te contei que tenho um metro e setenta e quatro de altura? Com dezesseis anos, todo mundo acha que já tenho dezenove. Ouço umas grosserias dos caras mais velhos na rua, é horrível. Hoje, foi uma merda, é impossível voltar da escola em paz.

Por que você não me responde? Fico aqui escrevendo pra deus-sabe-quem-mas-eu-presumo-que-seja-a-Érica. Nos seus textos, deduzi que você nasceu no meio da selva (onde??) e travessou o país pra ser rebelde numa cidade poluída e intelectualmente esnobe. Uma jovem adulta com o desejo quase inconfessável de ser inglesa, proletária, destruidora do patrimônio público ou até contrabandista. Uma vez, você disse que luta caratê. Você luta caratê?

Fico pensando em como eu seria, adulta. Não sou corajosa como você. Eu faria faculdade de Física meio que por obrigação e, depois, seria professora em algum colégio de segundo grau. Trabalharia só meio período. Os alunos não gostariam de mim. Passaria todas as horas livres no meu apartamento pequeno, velho e sujo escrevendo histórias de vampiro muito estranhas. Ninguém leria as histórias até eu desaparecer, misteriosamente, aos trinta e nove anos, no meio de uma aula. Então, muitas décadas depois, uma garota parecida comigo encontraria as histórias nas ruínas daquele mesmo colégio. Ela encarnaria meu espírito amaldiçoado, como se nossas mentes se comunicassem no tempo através das palavras manuscritas.

Érica... tenho vergonha de escrever pra você essas ideias ridículas. Nem parece uma carta. Nem poderia ser uma carta, porque estou falando sozinha e você não me responde. Não consigo pensar em mais nada desde que te vi ao vivo na televisão. Fico imaginando se você já beijou uma garota. Se teve uma namorada secreta na escola quando era adolescente. Se tem amantes em São Paulo, roqueiras ou jornalistas como você. Ou se a primeira mulher na tua vida seria eu.

Tento deduzir, em cada palavra que você escreveu na revista, se você gosta de mulheres. Ou se gostaria de mim, apenas de mim, se um dia me encontrasse. Você admira mulheres magras e musculosas, como a Sigourney Weaver no filme *Alien*? Ou prefere garotas redondinhas e macias, como a Demi Moore em *O primeiro ano do resto de nossas vidas*? Você quer saber como eu sou? Minhas amigas, a Rafaela e a Naomi, dizem que eu poderia ser modelo, que sou exótica. Minha mãe reclama que deixo o cabelo solto e armado e pareço o Urso Cabeludo. Nunca sei que roupa usar. Corto a gola de todas as minhas camisetas porque odeio roupa apertada. Sou muito desengonçada. Vivo batendo nas coisas, fico cheia de roxos na perna. Mesmo assim, saio na rua e os homens sempre mexem comigo. Outro dia, estava chovendo muito e meu guarda-chuva não ajudava nada. Tinha que andar umas seis quadras até a escola. A chuva molhou toda a barra da calça, o sapato estava encharcado. Aí, um cara encostou o carro perto da calçada e começou a gritar:

– Oi! Oi!

Olhei pra ele, era um carro preto, ele fez um bico e chupou o ar, assim: usssss...

Aí, não olhei mais. Mesmo assim, o cara ficou dirigindo devagar, levando o carro do meu lado enquanto eu andava. Era uma quadra comprida, não tinha pra onde fugir. E estava caindo um toró, eu toda molhada! Me deu uma vontade de virar pra ele e dizer:

– Por que em vez de ficar falando merda você não me oferece uma carona decente? Eu tou me fodendo, aqui!

Mas, obviamente, eu não queria nem aceitaria carona daquele imbecil.

Agora tenho aula de inglês.

Vou parar de escrever.

P.S.: O seu moral anda baixo por aqui. Por mais que eu tente convencer as minhas amigas que você é uma pessoa legal, elas dizem que, se você fosse legal, já teria respondido. E quem sou eu pra desdizê-las?

SP, 21 DE NOVEMBRO

Olá, garota.

A coisa é mais ou menos assim, Luísa: a gente recebe uma carta de alguém que não conhece, adora a carta, carrega ela por aí na mochila, fica filosofando coisas como "então alguém realmente lê o que eu escrevo" e "vou dar uma pisa no marmanjo do carro preto" e "será que ela quer casar comigo?". E, daí, quando finalmente consegue sentar para escrever – depois de três semanas com o braço quebrado e mais uns dias aperreada no fechamento da revista –, não acha nem a carta nem o envelope com o bendito endereço! Que tal te parece isso? A vida é o fim da picada.

Estou escrevendo, de todo modo, porque deu na telha, na esperança de que eu consiga encontrar tua carta ou que você mande outra, justificadamente fula da vida de eu não ter respondido.

É a primeira vez que respondo à carta de um(a) leitor(a). Já pensei em responder algumas vezes, mas é sempre confuso, na grande maioria são caras falando de música, algumas ideias muito legais e tal, mas fico em dúvida se têm alguma segunda intenção. Quase sempre têm. Como você diz, a revista é cheia de homens na redação, e a maioria dos leitores é homem também. Por instinto de segurança, fico na minha e não saio me aventurando em simpatias desnecessárias.

O seu caso é diferente porque tua carta é inteligentíssima e, ao mesmo tempo, sincera e comovente. Lembrei de mim mesma na tua idade, de quantas coisas eu imaginava e sonhava, e de como tudo era mais lascado também.

Como não estou com tua carta na mão, vou responder o que lembro. Não sou analfabeta, realmente penso tudo que escrevo (pelo menos na hora em que estou escrevendo), não sou viciada em homens nem mãe de trigêmeos, acho legal cortar as golas das camisetas e sair por aí de cabelo despenteado. Não sou muito ligada em roupas, geralmente estou de jeans e camiseta mesmo. Aquele dia na TV, peguei o blazer emprestado da produtora porque estava frio e cheguei desprevenida. Moro sozinha desde os dezoito anos nesta cidade esbagaçada e vou sobrevivendo como posso.

Muito resumidamente, esta é minha biografia: por tortuosos fatores familiares, cresci em Rio Branco, capital do Acre, a três mil e quinhentos quilômetros de São Paulo. Quando eu era menina, a cidade não tinha muito mais que a praça do Palácio e um amontoado de casas ao longo do rio. A propósito, acho que você também perguntou sobre o nome Amazonas. Não é pseudônimo, está assim mesmo na minha certidão de nascimento, um prenome duplo que lembra personagem de aventura infantojuvenil. Foi meu pai quem escolheu, em homenagem a um tio-avô comunista que ele admirava muito.

Retomando: meu herói de adolescência era o Júlio, meu tio mais novo, jornalista, que em 1979 pegou sua parte da herança, comprou um apezinho em SP e se mudou, largado na buraqueira, sonhando em ser escritor como o Caio Fernando Abreu, que ele tinha conhecido na França alguns anos antes.

Foi um trauma na família quando meu tio ficou doente e morreu. Eu tinha começado o primeiro ano de Direito em Rio Branco, seguindo o caminho do meu pai. Vim pra SP ajudá-lo com os documentos e a cremação (tristíssimo) e, num impulso de comoção, decidi me inscrever em Jornalismo aqui na PUC-SP. Minha mãe queria me buscar de volta a pulso, mas meu pai entendeu como uma homenagem ao Júlio. A ideia era voltar depois pra Rio Branco e terminar o curso de Direito. Varei noites ajeitando os papéis do meu tio, diários, cartas, artigos de jornal. Muita coisa. Nunca mais voltei pra casa.

Depois de organizar os textos, levei tudo para um amigo do Júlio, que era poeta e colaborava no Caderno B do *Diário Paulista*. Fizeram uma matéria sobre as cartas que ele escreveu quando estava doente. O editor de literatura gostou de mim e me contratou como estagiária. Repare que nessa idade eu conhecia muito pouco de literatura – minha obsessão cultural sempre foi a música. Mesmo assim, entre um contato e outro, uma conversa aqui e outra ali, acabei contratada e estou no meu terceiro emprego de carteira assinada como jornalista.

Acho que o início triste dessa história me impediu de ficar deslumbrada com minhas conquistas. Trago uma melancolia de pensar que estou seguindo o caminho que meu tio não conseguiu. Continuo morando no apartamento que era dele. Tenho a sensação de que as coisas boas podem se esfacelar a qualquer momento. O único lado positivo é uma certa liberdade de dizer o que penso, já que não tenho ilusões que errar ou acertar faça grande diferença no fim das contas.

Aliás, antes que eu me esqueça, obrigada por notar minhas mensagens de revolta subliminares. Críticos musicais podem ser muito exibicionistas, numa diatribe pretensiosa para camuflar invejas e ressentimentos. Vale mais ignorar essa rivalidade de panelinhas. Prefiro acreditar no meu bom senso e dizer a real. Foi isso que gostei na tua carta, inclusive. Falar das coisas como elas são.

Por isso, tenho um convite profissional pra te fazer. A *Twist* vai lançar, na próxima edição, um "concurso cultural" para colaboração de leitores. Vamos inventar um nome pra isso – por enquanto, as opções são Sangue Novo ou *Young Blood* (afinal, a revista está cada vez mais americanizada). A próxima edição terá uma chamada apresentando a ideia. A proposta é resenhar shows e demos de bandas locais, cada leitor em sua cidade. Será uma página extra da seção Porão Brasil, com dois textos por edição. Os escolhidos vão ganhar um brinde da casa, que é um pacote com as revistas mensais da editora.

Quer mandar alguma coisa para o próximo número? Anote o que rola de interessante em Curitiba, pode entrevistar alguém ou fazer uma crítica de show. Assim, você ganha experiência e testa se quer mesmo ser jornalista. Acho que você seguraria perfeitamente a onda: teu texto é ótimo e um olhar fresco, com certeza, vai trazer observações interessantes.

Idade não é problema: a Julie Burchill, uma jornalista inglesa genial, começou a escrever quando tinha justamente dezesseis anos, no *New Musical Express*. A Bethânia tinha dezenove anos quando estreou no show *Opinião*. Pagu tinha vinte e três quando publicou *Parque industrial*... Deixa eu parar com essa lista, já estou envergonhada dos meus vinte e seis anos recém-completados e muito pouco originais até agora.

Pensa na ideia. E pra terminar, queria te agradecer. O ano tá acabando e a barra andava insuportável, e essa tua carta trouxe um vento novo, um sopro de esperança e orgulho, e também (admito) algumas fantasias inconfessáveis. Não interprete demais essa última frase. É apenas uma palavra amiga, você merece a paz de saber que não está maluca no que sente.

Me responda quando puder ou quiser.

E como você mesma diz:

Tchau.

3.

CTBA, 01/12/90

São cinco e meia da manhã, estou com a máquina de escrever na varanda do meu apartamento pra não acordar ninguém dentro de casa. O céu está roxo, roxíssimo, e eu de pijama cor-de-rosa. Tudo combinando pelas mãos mágicas do universo. Tem uns sabiás cantando muito alto (eles sempre me acordam de manhã) e ouço uns carros passando na via rápida que fica atrás do meu prédio. Lá atrás também tem uma fábrica de bolachas, que às sete horas vai tocar um apito alto e, depois, vai soltar um cheiro quentinho de baunilha.

Estou rindo que nem boba e não sei o que dizer.

Nem acredito, ainda, que você me respondeu.

MESMO DIA, 20H45

Érica,

Já passaram mais de vinte e quatro horas desde que sua carta chegou. Comecei a te responder ontem à noite, tentei de novo hoje de madrugada. Sentei por horas na frente da máquina de escrever, me forçando pra pensar em alguma coisa, e mal saíram umas linhas. Sua carta me pegou desprevenida. Tinha duas provas hoje cedo, enrolei a semana inteira, deixei pra estudar de última hora. Você acha que estudei alguma coisa? Fiquei a noite inteira com o olho estatelado, não conseguia nem fechar.

Não estou conseguindo juntar as ideias pra construir um parágrafo coerente...

Meu pensamento está longe. Ontem à tarde, quando chegou sua carta, eu estava discutindo com minha mãe na cozinha, meu irmão estava berrando. Aí, tocou a campainha, eu atendi, e o porteiro entregou uns envelopes. Um deles tinha o selo da Editora Indigo e o meu nome com sobrenome errado: Luísa Rowin.

Tremi inteira. A mãe perguntou:

– O que foi, Luísa?

Mas não respondi. Me tranquei no quarto, rasguei o envelope toda tremendo e li a carta num golpe só. Depois de novo, e de novo, umas quatro vezes seguidas: como é que podia, você escrever uma carta tão verdadeira – tão sincera – e pra mim!

Saí do quarto com um espanto meio bobo na cara. Minha mãe já tinha desencanado, estava fazendo pão na cozinha. Aí, mostrei a carta pra ela e falei:

– Olha, mãe.

Ela perguntou:

– O que é isso?

– Eu escrevi para aquela jornalista da revista, que eu gosto. E ela respondeu.

Li em voz alta o parágrafo em que você falava em escrever para a *Twist* e repeti a história que inventei para as minhas amigas: que você é minha ídola, que meu sonho é ir para São Paulo e ser jornalista como você.

Achei que ela ficaria orgulhosa, mas ela só me olhou desconfiada e declarou com todas as letras que morar em São Paulo está fora de questão.

Fiquei triste com esse olhar meio acusador, mas distante. Essa é a grande questão com minha mãe: ela quer controlar toda a minha vida, e eu insisto que algumas coisas são só minhas e eu sou responsável e ela não pode se intrometer em tudo desconfiando de um perigo fatal em cada esquina. Então, às vezes, para não brigarmos, ela simplesmente fica quieta. Significa que não gostou do assunto, mas resolveu abafar naquele momento.

Voltei pro quarto. Tranquei a porta de novo. Tinha a carta que você escreveu e imprimiu e enviou só pra mim. Não precisava de mais nada neste mundo.

Estou absolutamente surpresa com a história da sua família e, especialmente, do seu tio. Minha nossa, que tristeza. Nunca poderia imaginar. Teus textos são tão diretos e corajosos, achava que sua vida só tinha aventuras musicais, inteligência e ousadia.

Fico honrada com seu convite de escrever para a revista e prometo refletir sobre o assunto. Ainda que a verdade seja como escrevi antes: meu "sonho de ser jornalista" é só uma mentirinha que inventei para minhas amigas não desconfiarem das minhas conversas monotemáticas sobre você. Você diz que dezesseis anos é suficiente pra escrever pra revista, mas não consigo acreditar nisso. Sei que não sei nada de música.

Ando meio hipnotizada e chocada com tudo que você contou, mas, no fundo, o que pulsa no meu coração é: você me escreveu. Você me escreveu. Você. Me. Escreveu.

Desde ontem estou obcecada com sua frase enigmática:

"Você merece a paz de saber que não está maluca no que sente."

Por que isso é uma palavra amiga? A paz de saber que não estou maluca em relação às mulheres? Em relação a você? Meu coração é tão cheio de amor que uma mínima gotinha de esperança me inunda em elucubrações.

Você pode me explicar melhor? Seja o mais exata que puder, por favor. Preciso de um panorama em suas devidas proporções. O que você quis dizer com "me responda quando puder ou quiser"? Você quer que eu te escreva?

Ou é só generosidade bem-educada diante do meu desespero juvenil?

As interrogações parecem cobranças, mas são dúvidas mesmo. Por favor, não me considere insensível se pareço tão preocupada com essa questão. Sou certinha. Quero ajustar minhas vibrações mentais na sintonia adequada, colocar os pés no chão.

Você tem razão, só digo "Tchau" quando termino as cartas. Mas é vergonha de me despedir como realmente gostaria.

Com um beijo. Esperando um beijo teu.

Tchau.

SP, 13.12.90

Oi, Luísa,

Sinto muito se empatei pra te escrever, mas é que a minha vida tá um caos. Estamos fechando as edições de janeiro e fevereiro quase ao mesmo tempo para conseguir tirar férias coletivas, entre 21.12 e 6.1. Fora isso, ainda peguei um frila superempolgante (ironia): traduzir, escrever e editar um álbum especial do Bon Jovi, que descrever como chinfrim já seria elogio. Mas preciso desesperadamente da grana, então vamos engolir mais esse sapo.

Como você disse numa das cartas, vivo na pindaíba. Desde o ano passado, estou tentando juntar dinheiro para me mudar, mas a confusão no país torna isso impossível, ainda mais com esse guenzo que é nosso presidente. Meus pais estão numa fase difícil desde março, andam falando em vender o apartamento onde moro (era do meu tio). O plano econômico achatou meu salário, e gasto demais, já nem sei, o dinheiro some nesta cidade. A última vez que fui na 24 de Maio (onde tem uma galeria de três andares cheia de lojas de discos), gastei trinta mil cruzeiros pra me atualizar e fazer bonito na redação. Soltei os cheques e depois me estrepei.

Estou aqui fazendo serão pelo quarto dia seguido, às dez da noite de uma quinta-feira nublada. Semana passada fez dois anos que comecei a trabalhar na *Twist*. Quando entrei, a equipe fixa na redação tinha três pessoas a mais. A vontade de escrever sobre música boa era sincera e, até, idealista, em alguns casos. As coisas mudaram neste ano. O diretor apostou numa linha mais polêmica e abriu espaço para uns caras novos que eu já conhecia do *Diário*. Evito arengar com eles, mas o clima anda estranho. Pra piorar, meu editor-chefe, o Jimi, está indo para a Europa ficar um ano. Não sei quem ficará no lugar dele e tenho medo até de adivinhar. Hoje, tem um bota-fora e vou ignorar por prudência. Vale mais descansar nos braços do meu anjo, meu namorado, um cara muito legal que me suporta há cinco anos, dá pra acreditar? Espero que isso não te decepcione demais nem faça você parar de escrever. O nome dele é Cássio, é designer gráfico, neto de japoneses, pernas grossas, bem-humorado. Diferente de mim em quase tudo, mas parecido no que interessa.

O que escrevi acima sobre a *Twist* não deve ser novidade pra você: os leitores atentos da revista já repararam, mandam cartas pra arrebentar. Prefiro ficar no meu canto, observando. É briga de cachorro grande (cachorros machos) e minha estratégia de sobrevivência é sorrir para todos. Quando bate o cansaço, como agora, me consolo ouvindo *Paêbirú*, de Lula Côrtes e Zé Ramalho, olhando na minha mesa bagunçada tua última carta, aquela cheia de perguntas sobre esperanças, mulheres e desespero juvenil. Invejo os passarinhos, a fábrica de bolachas e acho bonitinho de vera seu pijama cor-de-rosa.

Entendo a parcimônia ao contar para tua família que você estava me escrevendo. Pais e mães, por mais massa que sejam, têm de saber apenas o necessário sobre tua vida pessoal; não cabe a eles opinar sobre detalhes.

Você tem razão, a carta que enviei estava cheia de boas intenções e terminava em covardia. "Já que levantou o pé do chão, dê o passo inteiro", meu avô dizia. Fiquei um tempo remoendo aquelas linhas que você comentou, em dúvida se fazia sentido te mandar ou era melhor apagar tudo. Mandei daquele jeito porque seria covardia ainda maior não dizer nada, mas entendo tua angústia. Vou tentar agora ser o mais exata que posso, como você pediu.

Minha vida sentimental é uma sequência de equívocos. Tive uma grande paixão na adolescência, ou amor, não sei bem como definir. Ficou só dentro de mim, e nunca contei pra ninguém (acredite, é a primeira vez que estou colocando isso em palavras pra dividir com alguém). Por causa dessa pessoa e desse sentimento, consigo te entender e repare que estou sendo o mais sincera possível aqui.

É só o que posso te dizer. Não seria correto ultrapassar o limite de uma correspondência amiga, na nossa situação. Escrever para a *Twist* é meu trabalho, de que me orgulho (apesar das arengas de costume). Você tem dezesseis anos e vai aprender as coisas no teu tempo. Se te ajudar, de alguma forma, saber que alguém por aqui te escuta e te compreende, é o que posso fazer.

Te liguei da redação na semana passada, quando chegou tua carta. Era pra explicar que adiamos em um mês o lançamento do concurso de leitores. Ninguém atendeu e depois fiquei descabriada. Assim é melhor, sou mais compreensível por escrito.

Você pode ver os detalhes do concurso no comecinho de janeiro, quando sair a próxima edição. Espero que curta a ideia e escreva sobre o que parecer interessante aí em Curitiba. Repare o que vai rolar de legal no mês, quanto mais inédito, melhor. Se for um show, você vai lá, vê e depois escreve. Não tente adivinhar o que agradaria a redação. Se achar massa, confie. Depois, é só botar numa carta para cá.

Acho que é isso. Daqui a pouco, vou pra casa e, nesta noite melancólica, só queria mesmo um xarope de guaraná Nauense, que, para minha desgraça, não vende em SP.

Espero que essa carta te encontre bem e feliz.

Pode contar comigo – e se cuida.

Érica.

5.

CTBA, 20/12/1990

Oi, Érica.

Estou aqui faz algum tempo pensando no que escrever, mas não consigo decidir. Então resolvi dizer a verdade, não tenho nenhuma ideia melhor pra disfarçar.

Estou meio bloqueada pela vergonha.

Logo que começaram as férias, comprei um filme e peguei a máquina fotográfica da minha mãe. Fui até o centro com a Rafaela e a Naomi com o plano secreto de tirar uma foto bonita de mim, pra te enviar. Até lavei o cabelo antes, pra ficar mais natural, enroladinho (depois que penteia, fica espetado).

Inventei para a Rafa um motivo disfarçado: registrar o início da última década do século. Em 1990, foi a última vez que estudamos juntas (ainda que em classes diferentes). No próximo ano, elas continuam na escola técnica e eu vou enfrentar um novo e tenebroso colégio. Caminhamos pelos lugares da cidade que a gente gosta – o Cine Luz, a escadaria da Universidade na praça Santos Andrade, a Confeitaria das Famílias. Pedimos para a moça da bilheteria tirar fotos de nós três juntas e fizemos várias poses engraçadas uma para a outra. O centro tem uma rua só de pedestres, com banquinhos e tal. A gente ia andando e fotografando como se fôssemos turistas. Quando voltamos de ônibus, já deixei o filme pra revelar (tem uma lojinha perto do ponto). De vinte e quatro fotos, achei duas ou três razoáveis. Uma até que ficou bonita. Escolhi aquela em que eu aparecia melhor – ou seja, com a minha cara verdadeira. Fiz outra cópia e guardei num envelope pra te mandar.

Não sei explicar direito por que queria que você me visse. Não é justo repetir, no colégio, que você é minha ídola cultural, apenas como história de fachada, uma mentira pra elas não desconfiarem de outras intenções. Na verdade, tudo é mais confuso. Eu realmente admiro o que você escreve. Você é minha ídola de verdade, como jornalista. Foi superficial da minha parte passar a impressão de que é uma grande brincadeira.

Por outro lado – e esta é a parte mais difícil de escrever –, estou totalmente traumatizada por não entender os limites do que posso ou não conversar com minhas melhores amigas. Alguns anos atrás, percebi que os sentimentos dentro de mim, em relação ao amor, são diferentes dos delas. Elas estão sempre falando de atores e cantores que acham bonitos e nunca consegui compartilhar do mesmo entusiasmo. Antes, achava que era uma espécie de "frieza" minha porque eu era mais "racional", digamos assim. Sempre gostei de matemática e ciências. Então, na minha cabeça, meu lado científico explicava meu desinteresse pelos caras que elas adoravam.

Isso mudou quando, aos meus catorze anos, entrou uma professora de artes nova na escola. Fiquei encantada por ela. Foi muito claro – tipo a sensibilidade ultrassônica do Aquaman – que o encanto ia além da admiração intelectual. Foi uma descoberta inicialmente pacífica, como uma surpresa boa (não me assustou nem nada). Passei um tempo me observando, pensando que, ao ter certeza, seria legal conversar sobre isso com a Rafaela e a Naomi. Teria algo a dizer de minha parte quando elas falassem animadíssimas dos caras e dos sonhos românticos que elas têm.

Mas, um dia, a gente foi ao cinema e, na fila de entrada, duas garotas davam pistas de ser um casal. Não era óbvio – não estavam se beijando nem de mãos dadas. Mas uma fazia pose masculina, com os ombros, as mãos nos bolsos da calça jeans. Estava meio que "protegendo" a outra, comprando pipoca pra ela, deixando ela passar na frente, coisas assim. A Rafaela percebeu e falou, meio irônica:

– Olha aquela ali.

Naomi também foi irônica:

– Que moderna.

É nosso estilo soltar frases irônicas sobre tudo, então imaginei que era brincadeira, não recriminação. Aproveitei o momento pra mostrar minha simpatia pelas moças:

– Que bonitinhas.

A Rafaela e a Naomi me olharam com uma cara superestranha. A Naomi com deboche, como se meu comentário fosse a coisa mais descabida do mundo. A Rafaela tipo brava, irritada mesmo:

– Credo! – ela disse.

Forcei uma risada, pra disfarçar, e não falei mais nada.

Essa longa história foi pra explicar que minha foto não era uma intenção de paquera, tipo "olha como sou bonita". Era um pensamento mais primitivo: "essa sou eu" ou "essa é a pessoa que escreve as cartas". Achei que você gostaria de saber, já que se deu ao trabalho de ler e responder as dezenas de páginas que te escrevi.

Ao mesmo tempo, algo dentro de mim ficava martelando que talvez fosse um equívoco. E, agora, pra complicar, você contou do seu namorado.

Óbvio, você devia ter um namorado. É o que as garotas fazem. A Rafaela já teve três (inclusive um americano, quando ela fez intercâmbio, e deixou um outro esperando aqui). A Naomi, não sei. Ela é estranha. A gente ficou mais afastada no segundo grau, porque não estudamos mais na mesma turma. Elas começaram a sair com um carinha chamado Wallace, que é punk e virou amigo íntimo das duas ao mesmo tempo. Até brigaram por causa disso. Depois, fizeram as pazes. Não sei bem o que aconteceu, nunca me contaram direito. Acho que a Naomi não é mais virgem (ela deu umas indiretas, mas não contou tudo).

Sou a mais travada das três. Depois daquele dia no cinema, resolvi esquecer do assunto. Fiquei totalmente assexuada. Não consigo mais gostar ou me interessar por ninguém. Enfim. Você não tem culpa se estou patinando numa crise existencial. Talvez, um dia, apareça um ser extraterrestre num raio de luz fosforescente e aponte uma pessoa qualquer que combine comigo, porque sozinha não consigo enxergar nada. Mas você e seu namorado não têm nada a ver com isso.

Pelo menos, comecei a fazer uma coisa certa. Tentei descobrir alguma coisa aqui em Curitiba que pudesse interessar a *Twist*. Meu repertório pessoal é patético, não entendo nada de coisas atuais. (Fui num show do Menudo com onze anos e, depois, só assisti aos Mulheres Negras porque a irmã da Naomi convidou.)

Mas conheço uma garota – filha da melhor amiga da minha mãe – que vai começar o cursinho ano que vem. Ela gosta de rock (o irmão dela também, adora AC/DC). Combinei de sairmos depois do Natal. Ela vai marcar com umas amigas numa confeitaria (!). Imagino (espero) que elas saibam mais do que eu.

Depois que encontrar com elas, te conto.

Pelo menos, essa parte "jornalística" vou tentar acertar.

Um beijo.

Luísa

6.

CTBA, 27/01/91

Oi, Érica, minha amiga. Antes de qualquer outra coisa, queria te pedir que desconsidere tudo que escrevi na carta anterior. Tive bastante tempo pra pensar durante as férias. Esqueça minhas lamentações chorosas e desnecessárias. Meus assuntos pessoais, eu mesma resolvo por aqui. Vamos voltar ao básico, ou seja, à troca de ideias sobre o mundo em decadência e nossas raras esperanças de que se torne algo legal.

Estou em Curitiba de novo, finalmente. Cheguei em casa ontem depois de uma turnê por cidades e parentes que nunca sonhei que pudessem existir. Um pouco porque a gente está sem grana, mas também porque minha mãe achou que seria legal rever a família no interior. Então, foram as nossas férias de verão: uma viagem pelo norte do Paraná. Tomazina, Wenceslau Braz, Nova Fátima. Que calor faz nesses lugares! O pai da minha mãe nasceu em Minas, era alto e esportista. Já do lado da minha avó, nada atléticos. Um resumo da conversa dos parentes: puxou-a-altura-do-seu-avô, você-joga-basquete?, o-namorado-vai-ter-que-subir-num-banquinho, já-tem-namorado?

Em duas ou três casas fizeram pamonha. Agora é época de milho-verde. E cada um dizia que fazia pamonha melhor que ninguém. Duas tias da minha mãe resolveram me ensinar: pegar o milho-verde e ralar, daí lavar a maçaroca com leite (ou água), peneirar, adoçar, colocar naqueles envelopinhos feitos de folha de milho e cozinhar. Aprendi na marra, e tenho certeza que nunca usarei esse aprendizado na vida.

Também fomos pra praia (só no Ano-Novo), um lugarzinho em Santa Catarina chamado Bombinhas. Visitamos uma área de nudismo ali perto – parece que é a única legalizada no país. O que eu esperava: uma praia desbundante e um monte de gente pelada e saudável se divertindo na maior. O que eu vi: uma areia cinza, o mar bravo que nem dava pra nadar. Tinha um morro do lado, uma pedra bem alta, onde as pessoas paravam o carro pra ficar espiando os nudistas lá embaixo. Pra entrar na praia, tinha que passar por uma cerca: só passava quem estivesse pelado. As pessoas com marca de biquíni eram como a gente – estavam ali só pra ver como era. Pouquíssimos pelados habituais, bronzeados por inteiro. Tudo me pareceu esquisito. (Aliás, esquisita também é minha mãe, que me controla direto, mas, às vezes, se encanta com naturebas e naturistas e decide entrar pelada no mar.)

Quando chegamos em Curitiba, hoje, descemos do ônibus e tava aquele friozinho da madrugada. Me emocionei com o pátio de cimento da rodoviária. Ah, cimento. Asfalto! E, assim, terminaram minhas férias. Ê, vida. Posso xerocar esta página e usar como redação "Minhas férias" no colégio.

Desculpa se não escrevi antes pra falar do concurso da *Twist*. Mas você não respondeu minha última carta, então fiquei sem graça.

Dane-se. Independentemente do concurso, ou de receber ou não cartas suas, continuo sendo sua leitora, na revista. Aliás, meu pai chegou em casa com o *Diário*, e não preciso mais conversar com a máquina de escrever. Sabe aquele encarte de domingo chamado Revista Ler? É meio chato, mas, às vezes, tem coisas curiosas. Saiu uma crítica engraçada sobre um livro da Bruna Lombardi. Dizia algo como "a autora parece acreditar que bons personagens são aqueles que citam discos e livros". Fiquei pensando nisso.

Talvez eu volte a escrever amanhã. Até lá, durma bem, sonhe com os anjinhos e não caia da cama.

7.

SP, 20 DE FEVEREIRO

Olá, menina.

Primeiro, me perdoe pela leseira em responder, não quebrei o braço nem nada. Ando descabriada, trabalhando mais do que gosto, ainda mais no verão, em que espíritos elevados (e arranjados) só querem chuva, suor e cerveja.

Minhas férias foram praticamente só batente: no Natal, fui pro Recife encontrar meus pais, que vieram de Rio Branco. Passamos uma semana na casa da minha avó e revi a parentada (minha família é grande e espalhada). Foi estranho ver meus primos, que eram meus ídolos quando eu tinha catorze anos e eles, uns dezessete. Em outros verões, eles me mostraram os álbuns de rock psicodélico mais viajandões da parada. Agora, chegando aos trinta, estudam pra serem promotores ou auditores públicos, só falam de salários e carreiras. Em teoria, nada contra, cada um faz o que quer da vida, mas nunca pensei que eles se tornariam essas pessoas. Outros tios e tias, claro, me aporrinhando: "E essa nuca raspada?", "Passa um batonzinho!", "Veste uma saia pra ceia de Natal". *Fucking Jesus Christ.*

Mesmo meu pai e minha mãe, que sempre mimaram esta filha única, pegaram no meu pé sobre meu diploma, que está empatado por causa de uns documentos (o dinheiro curto os deixou mais exigentes comigo). Se venderem o apartamento de repente, vai ser lascado. Um custo a mais pra esta lisa crônica. Mas tem o fator afetivo e, nisso, meus sentimentos oscilam. Fico melancólica quando penso em sair daqui definitivamente e, por outro lado, seria um alívio. Meu pai diz que a memória do Júlio não está no apartamento, que é importante desapegar, seguir em frente. Acho que ele tem razão nisso.

Por esse motivo, entre outros, preciso de dinheiro, o que me força a trabalhar mais.

Em janeiro, fui para o RJ cobrir o Rock in Rio. Em teoria, legal, mas era trampo. Coisas que dez anos atrás eu acharia incrível, hoje (infelizmente) vejo com certa desconfiança. Lá na *Twist*, além do Porão Brasil, andam me passando todas as matérias com perfil do público "feminino". Meu chefe, o Paulinho Ratier, diretor de redação, me chamou todo sério pra explicar umas demandas do marketing sobre as vendas, que aumentam quando as capas interessam a esse público. Pra eles, faz sentido que eu (a única mulher na redação) assuma pautas que interessam às "garotas". Resumindo, no Rock in Rio – que teve Prince e Lisa Stansfield – me sobrou cobrir a fase solo de Paulo Ricardo, que já era ruim e agora é pior, requentando as músicas do RPM pra manter a popularidade.

(OBS.: Além do ex-RPM, a *Twist* também anda em crise de identidade, o que você deve saber pelos editoriais. A fórmula "eclética, divertida e colorida" me apavora como o sorriso do Coringa.)

Pra não ficar só reclamando, o Carnaval foi melhor. Torrei ao sol cinco dias em Paúba, uma praiazinha com um bar genial estrategicamente posicionado numa das pontas. Só eu, meu gatinho, um casal de amigos do peito e uma caixa de CDs importados novíssimos que eles trouxeram da Dinamarca.

Já é fim de fevereiro e o ano começou. Como foi a conversa com tuas amigas roqueiras? Descobriu alguma coisa massa pra escrever? O prazo para a próxima edição já terminou e não chegou um texto seu na redação. Aliás, poucas garotas escreveram para o concurso. Achei que você tinha chance, me senti meio culpada pensando que meu sumiço te desanimou. Sou uma alma desabençoada, cheia de falhas organizacionais. *Please*, dispense minhas mancadas e confie em você mesma.

É isto então: vou sair e enfrentar a deprê desta cidade falida e talvez me esconder numa sala de cinema para assistir de novo *Asas do desejo*. A introspecção do pós-punk anda fora de moda, a noite foi dominada pela cena *clubber* e não tenho mais energia pra isso. Você mudou de escola ou não? Se sim, espero que seja suportável, com amigas melhores. Outro dia te escrevo com calma sobre o que você contou na outra carta. Entendo tua vontade de enterrar o assunto, mas não precisamos ser radicais. Amigas existem para ouvir lamentações também. As páginas de hoje ficaram meio rasteiras porque queria escrever logo, ou você acharia que sumi de vez. Tá anotado mentalmente que te devo uma resposta mais sensível.

Beijo.

Érica

P.S.: Insisto de novo sobre o concurso da *Twist*. Escreva do seu jeito mesmo, direto, sem disfarçar que você tem dezesseis anos. A revista precisa de um olhar novo e menos testosterona.

P.S.2: O crachá vai de chamego. Todo ano trocam por um novo. Sei que estou feinha (ressaca etc.), mas é a vida.

CURITIBA, 26 DE FEVEREIRO

Minha queridíssima Érica.

(Gostou da saudação à moda antiga? Estou lendo o *Drácula* do Bram Stoker.)

Sua última carta chegou ontem. Já respondo agora mesmo porque estou com uma dúvida e queria saber tua opinião. Assim, você tem tempo de responder antes do dia 9 (explicação abaixo).

Sim, conversei com aquela amiga (Vanessa) que ouve tudo de rock. Ela é filha da amiga da minha mãe e estuda no colégio Marista – uma escola bem tradicional aqui. Encontrei com as amigas dela no começo do mês, e o relato abaixo ficou meio antigo, mas as informações ainda valem. Se você gostar das ideias, terei mais coragem de escrever algo pro concurso. Peço desculpas pela insegurança, mas a verdade é esta mesma: preciso de um apoio pra atravessar o mar de dúvidas sobre meu repertório e gosto musical. Se puder, me mande só uma frase pelo correio: "Boa ideia, vá em frente". Me ajudaria muitíssimo.

(Caso você ache mais fácil telefonar, pela rapidez, às três da tarde é um horário tranquilo por aqui. Minha mãe está trabalhando. Meu irmão joga videogame no apartamento do vizinho. Eu só saio às 3h30 nas terças e quintas pra aula de inglês. Nos outros dias, estou em casa.)

Bom, vamos ao relatório. Já aviso que não é palpitante.

Você queria saber das bandas locais, mas foi difícil descobrir. As meninas gostam de artistas que nunca vieram nem virão pra cá (R.E.M., Elvis Costello, Tom Waits). Sabiam por cima de alguns shows grandes (a que não irão). Serão dois. O Luiz Schiavon vem para a inauguração de um edifício histórico no centro. Vai ser em março. Tem uns cartazes espalhados pela cidade. Já que você entrevistou o Paulo Ricardo, pensei que poderia se interessar.

(Brincadeira.)

OBS.: Não sei nada sobre o repertório do Schiavon, exceto que Paulo Ricardo gritava (acho que em "Rádio Pirata"): "Nos teclados, Luiz Schiavon". Tive um disco do RPM na sexta série, o primeiro, que ouvi até furar o vinil. "Juvenília" era a mensagem mais profunda do mundo para mim: "E o cinismo/ E o protestantismo europeu".

Outro show é do grupo Asia, vai ser no Círculo Militar. Fui lá olhar a programação, o cartaz diz "Ex-integrantes do Yes". Nunca ouvi Yes, meu pai disse que é rock progressivo. (Não sei bem o que poderia escrever sobre rock progressivo... Meu pai tem todos os discos do Pink Floyd, acho bonitas as capas da vaca e das camas na praia, já a música, não entendo, simplesmente não consigo me concentrar. As faixas são longas, quase não tem letra, eu me desligo e quando percebo já estou pensando em outra coisa.) Um detalhe: no show do Asia, o grupo de abertura é brasileiro: O Terço. Imagino seu sorriso sarcástico lendo isto... rock progressivo brasileiro. Definitivamente, deve ser a maior roubada do século.

As garotas (amigas da Vanessa) são meio diferentes. Não são revoltadas. Ao contrário, parecem CDFs que gostam de rock. Foram superatenciosas e dispostas a conversar, mas fiquei meio constrangida. Atenção demais, sabe? Aquela história – "não entro em clube que me aceita como sócia". Mas, curiosamente, nessa confeitaria que a gente foi tinha uns punks de coturno, topete e costeleta, como era o Wallace (ex-triângulo da Rafaela e da Naomi). É um café bem antigo, que fica numa galeria do centro, ao lado de uma loja de discos. Se entendi bem, é aquele tipo de lugar decadente que os jovens rebeldes gostam de frequentar. Na entrada, vi um cartaz vagabundo – tipo uma folha xerox – sobre o show de uma banda chamada Os Cervejas, num certo Bar do Hermes, daqui a duas semanas, no dia 9 de março.

Pensei em falar com o Wallace, na escola técnica onde fiz o primeiro colegial. Ele sabe tudo de punk. Na única conversa maior que tivemos, falamos bastante do The Cramps, que eu gosto (um dos discos que comprei por causa da *Twist* – por sorte, encontrei na Savarin, a melhor loja de discos aqui). Já que entendo pouco de música, me sinto mais segura em ter um amigo de apoio antes de escrever.

Ufa. Esta carta já está muito comprida.

Resumindo a novela: minha aposta é esse show dos Cervejas, dia 9 de março. Como disse acima, se você achar que vale a pena, mande três palavras que vou em frente.

Da sua eterna amada (Bram Stoker de novo).

Luísa.

P.S.: Falei tanto e nem expliquei que, sim, já começaram as aulas no colégio novo. Estou meio em choque. Ainda nem sei o que dizer sobre isso.

9.

SP, 04.03

Alô, minha garota.

Segunda brava e eu aqui na redação tentando ligar o cérebro a pulso. A primeira semana do mês costuma ser empatada. A revista tem pouca gente fixa, aqui em SP somos quatro, os outros são todos colaboradores. O bicho pega no fechamento lá pelo dia 25, depois bate uma ressaca. Avalie o bode geral da nossa equipe "criativa".

Novidades – fui promovida. Depois que o Jimi mudou pra Londres, o Ratier (diretor da revista) se revelou um cara decentérrimo e me promoveu a editora-chefe, o que significa um aumento e mais trampo. Finalmente, porque eu tava lascada. Agora, vou ver se compro um computador pra poder trabalhar em casa e um walkman (perdi o último não sei onde). E espero guardar um tanto pra comprar uns dólares (se sobrar, não é nenhuma fortuna). Resolvi pensar no futuro, como querem meus pais, e juntar um troco pra rodar a Europa por uns meses – onde, aliás, nunca estive.

Tentei te ligar na sexta passada, quando chegou tua carta. No horário que você falou. Mas só dava ocupado; depois, entre isso e aquilo, o dia passou, já era noite, pensei que tua mãe teria voltado do trabalho.

Hoje, cheguei aqui meio nostálgica e resolvi escrever. É foda vir toda segunda pra este endereço e "escrever sobre coisas legais" com prazo, carteira de trabalho, a alta chefia pressionando por vendas e assinantes. Me sinto um pai de família engravatado, o último dos meus pesadelos (*sorry* pelo momento de autopiedade).

Você, minha jovem amiga, não tem nada com isso. Aliás, é um alívio em relação a isso.

Gostei do que contaste dos eventos curitibanos. Confesso que simpatizo com o Pink Floyd, teu pai tem razão nessa. Nem tudo é bom (acho *The Wall* apelativo, por exemplo). O rock progressivo tem seu canto envergonhado entre os meus discos, junto a uns álbuns de ópera rock da minha fase de inconsequência estética. Uma viagem para momentos específicos.

Bote fé no show dos Cervejas. Nunca ouvi, mas parece promissor (punk pode ser ruim e ainda assim é bom). Já te falei o tamanho da lauda? Vinte linhas de setenta toques. Tenta escrever uma lauda. Se passar um pouco, tudo bem, a gente edita depois.

Beijos e saudades,

Érica

10.

OS PUNKS CURITIBANOS E DYLAN DOG

(Artigo para o concurso Sangue Novo – Revista *Twist*, março de 1991.)

Gosto de filmes de terror. Quadrinhos de terror. Mortos saindo das tumbas nos cemitérios. Fantasmas de irmãs vingativas assombrando e assassinando suas antigas famílias. Curitiba nasceu para o terror – aqui não acontece nada. Precisamos de cadáveres, demônios e psicopatas para animar um pouco o dia a dia.

Sou uma moça de família e minha maior contravenção eram os filmes de terror na madrugada da TV Bandeirantes. Quando conheci o primeiro punk no colégio – de coturnos, costeleta e jaqueta preta –, achei meio pretensioso. E sujo. Aqui não é Inglaterra nem São Paulo. Quem ele pensa que é?

Mas a fascinação pelo terror nos aproximou. Wallace virou meu amigo. E com ele fui na semana passada ao meu primeiro show punk: Os Cervejas, no porão do Bar do Hermes, dia 9 de março.

O subterrâneo do Hermes é grande e estava cheio. No começo, o vocalista Darwin Dias fez um anúncio: "Nenhum tipo de violência, pessoal". Isso pra não proibirem a banda de tocar no Hermes de novo. Ele usava uma camiseta branca do fanzine *Wild Stone* (muito legal, segundo Wallace). E umas bermudas largas, como se caprichar na roupa fosse dispensável.

Duas guitarras (Germano e Vladimir) e o baterista Tin Tin – digníssimos e acelerados. Tocaram "Human Fly", do Cramps, e "Brand New Cadillac", do Clash. E as músicas próprias "Garoto vaca II", "Bonanza" e "U-lá-lá". Esta última, aliás, foi a que melhor entendi, pois a letra só dizia isso mesmo: “U-lá-lá, u-lá-lá”. Mas Darwin grita bem – gutural e cavernoso – e isso já diz tudo.

Palco pequeno. Umas poucas garotas nos cantos. No resto do salão, uma massa de caras dançando, primeiro um *twist* meio bronco, que logo esquentou. Todos pulando e se jogando uns contra os outros. Muitos tiraram as camisas, incluindo Darwin e Tin Tin. No meio do show, queimou o cabo do amplificador, mas fizeram um conserto meia-boca e seguiram em frente.

Cansei de ficar no canto e aproveitei as últimas músicas para dançar também. Os meninos me abraçaram (punks cavalheiros) e pulamos juntos. Voltei pra casa com a blusa cheirando a suor masculino.

Foi minha primeira noite punk. Preciso agora de umas semanas em casa para meus tímpanos se recuperarem. Aproveito para ler o primeiro número do *Dylan Dog*, maravilhoso gibi italiano de terror e mistério, que acabou de ser traduzido pela editora Record.

Mas suspiro com saudade d’Os Cervejas (embora, com dezesseis anos, só tenha bebido refrigerante).

CURITIBA, 14 DE MARÇO.

Oi, Érica,

Pronto. Mandei meu texto.

(Aaah, que medo! Espero que goste. Mas, se achar ruim, tudo bem, pode dizer sem dó.)

Na quinta passada, depois da aula de inglês, fui até a maldita escola técnica (onde jurei que não pisaria de novo) e procurei a sala do Wallace meio em dúvida – ele não era exatamente bom aluno, talvez nem estivesse por lá. Esperei até tocar o sinal e – surpresa! – ele apareceu. Conversamos ali no pátio do colégio mesmo. Contei da revista e das cartas. Falei do show d'Os Cervejas. Expliquei que estava com medo de escrever a matéria porque não conheço muito de punk, e menos ainda das bandas curitibanas.

Parêntese gigante aqui. (Algumas coisas de punk eu já ouvi. Além do Cramps, tenho um disco do Toy Dolls, *Dig That Groove Baby*. É bobo, mas engraçado – meu irmão adora. Ele fica repetindo "But-was-she-there-to-meet-me? No-chance!". Dos Titãs, tenho a coletânea *Go Back*, com "Bichos escrotos" e "Cabeça dinossauro" – outro disco que meu irmão gosta mais do que eu. Meu irmão também adora Garotos Podres e eu simpatizo, mas nunca escuto por conta própria. O que mais conheço mesmo – sei de cabeça todas as faixas – é o *Corredor polonês*, do Patife Band. Você gosta? Foi meu pai quem me deu. Ele disse todo orgulhoso: "É um grupo de rock paranaense". Achei que seria ridículo, mas é bom. Adoro a gravação do "Poema em linha reta", do Fernando Pessoa: "Irrespondivelmente parasita/ Indesculpavelmente sujo".)

Fim do parêntese gigante.

Retomando a história. O Wallace foi superlegal. Ele começou a ir em shows de punk com treze anos. Treze anos! Nessa idade, minha maior ousadia era passar cola para os repetentes da classe. Wallace falou de vários grupos que ele viu: Os Missionários, Estúpido Estupro, Os Escroques. Ele tem as fitas. Disse que depois vai me mostrar.

Ele se ofereceu pra me acompanhar no dia do show, já que eu não conhecia o bar nem ninguém. Expliquei que minha mãe fazia questão de me levar e me buscar (ela não confia nem no meu pai pra isso). Então, combinamos de nos encontrar na entrada do tal Bar do Hermes.

E ele estava lá mesmo quando cheguei.

Deu tudo certo, mas foi meio escondido das minhas amigas. Tenho medo que ainda dê uma encrenca com elas. Antes de procurar o Wallace na escola técnica, telefonei para a Rafaela e tentei explicar a situação (achei que ela entenderia mais que a Naomi). Mas ela não quis falar muito. Disse: "Pra mim, esse assunto acabou". Pra Naomi, não contei, acho que ela não vai gostar nada quando descobrir.

Tem esse código secreto das amigas, sabe. O ex da sua melhor amiga é território proibido, casa mal-assombrada. Não concordo com isso (se a conversa é civilizada, qual o problema?), mesmo porque, no meu caso (óbvio), nada de íntimo irá acontecer. Mas nas aparências, preciso ser solidária aos dramas delas, e me sinto culpada dessa aventura toda, embora não me arrependa.

Para acrescentar à minha defesa, alguns fatos:

1. A Rafaela e a Naomi nunca me contaram exatamente o que aconteceu entre elas e o Wallace. Estávamos em turmas diferentes do curso técnico. Elas ficaram esquisitas por um tempo. Depois não falamos mais do assunto.

2. Por todos os motivos que você já sabe, minhas intenções são puramente profissionais. Além disso, apesar de todo carinho e simpatia, não senti nada insinuante do Wallace comigo, nem mesmo nas entrelinhas. Ele foi supergentil e atencioso, e parecia, com toda sinceridade, que queria me ajudar. Isso me deixa mais tranquila. Apesar das grosserias que escuto dos tiozões na rua, os garotos da minha idade não se interessam por mim. Sou muito alta e esquisita pra eles. (Sabe aquela atriz, Denise Fraga? Uma vez ela disse que era uma mistura da Grace Kelly com o Pato Donald. Sou meio assim e sequer sou loira.)

Enfim, o resto está na matéria.

Tarefa cumprida.

Se o pessoal da revista não gostar, ao menos tenho o alívio de ter conseguido fazer.

P.S.: A obsessão dos curitibanos com o terror é verdadeira. Uma vez, assisti a uma palestra de um crítico de cinema quando passou um documentário sobre o Zé do Caixão no Cine Groff. Na abertura, mostraram uns curtas-metragens em Curitiba, e todas as histórias se passavam em cemitérios!

P.S.2: Fiquei meio em dúvida sobre a palavra "gutural". Como descrever os gritos do vocalista? No dicionário diz que gutural é um "som rouco, grave ou profundo que provém da garganta". Tá, mas toda voz não vem da garganta? Se você tiver uma palavra melhor, pode mudar.

11.

SP, 20.03

Oi, Luísa.

Texto recebido, carimbado e protocolado. Fecharemos a edição de abril nesta sexta. Tem Judas Priest, Faith No More, Sepultura – e mais duas contribuições de leitores na seção Sangue Novo.

Não vou te contar os selecionados do mês por sigilo profissional.

Além do mais, não quero estragar a surpresa.

Foi caprichoso da sua parte enviar o envelope endereçado à redação, com o termo de autorização assinado, conforme as regras do concurso. Eu ia inclusive te falar disso na última carta, mas esqueci. É importante não misturar as coisas (suas cartas pra mim x matéria para o concurso). Bem, como de hábito, não avisei e, afinal, nem precisou, porque você é certeira, o que me deixa orgulhosa.

Que mais?

Confesso que bateu uma inveja desse Wallace, que te acompanhou no show. Saudades de ter dezesseis anos e varar a noite com meus amigos. Lembrei daquela foto que você tirou e não mandou. Seria legal pra imaginar melhor a cena. A fusão de Pato Donald com Grace Kelly me parece uma mistura genial – por mim, todos nós seríamos versões humanas de personagens de desenho animado.

E tu, como estás? E essa escola nova? Só pentelho ou tem alguém massa? Arruma um tempo e vê se me escreve uma cartona de novo. As últimas vieram muito magrinhas.

Mil beijos telepáticos,

Érica

12.

CURITIBA, 26 DE MARÇO DE 1991

Oi, minha pequena Érica,

(Desculpe o trocadilho infame. Leve em conta que, apesar da cafonice, adoro essa música.)

São 8h30 da noite. Cheguei às seis da aula de inglês e fiquei na cama até agora. Sem nenhuma vontade de fazer nada. O apartamento está vazio. Sem mãe, sem irmão, sem ninguém. Normalmente, eu adorava ficar sozinha em casa. Ouvia música, ligava para a Rafaela e a Naomi, só desligava o telefone quando estava estourando de vontade de fazer xixi.

Mas, desde que começaram as aulas, aconteceu alguma coisa entre elas, está esquisito. Estamos em colégios diferentes, por isso as notícias ficam ainda mais distantes. Acho que brigaram uma com a outra. Demorei pra perceber que era algo sério. A Rafaela não quis me explicar. Na última vez que telefonei, ela foi meio grossa. Perguntei se era por causa do Wallace, mas ela disse que não.

Meu irmão passou a tarde toda na casa do vizinho, o Bruno (melhor amigo dele). O pai do Bruno é engenheiro eletrônico e trabalha numa empresa americana. Às vezes, ele viaja para os Estados Unidos e traz uns jogos de computador que ninguém aqui conhece. Meu irmão só fala disso. Está juntando dinheiro da mesada pra comprar um computador. Pediu dinheiro no Natal e no aniversário em vez de presente, pra juntar mais.

Quando percebi, já eram oito da noite e não tinha feito nada. Juntei minhas forças pra sentar na escrivaninha e tentar escrever alguma coisa.

Você disse na última carta pra arrumar um tempinho e te mandar uma cartona, e não essas curtinhas de uma página e meia. Veja como é a vida: até o mês passado, eu tinha tempo de sobra e não escrevia "cartonas" por puro excesso de autocrítica. E também porque me sentia mal de mandar quatro, cinco cartas até que você me respondesse uma. Não queria falar besteira atrás de besteira. Nunca imaginei que você fosse pedir pra eu escrever mais.

As aulas começaram faz algumas semanas. Mas não contei nada porque fiquei tão chocada que nem sabia o que escrever. Estou numa turma de "terceirão", que é igual a um cursinho, mas, oficialmente, é o terceiro ano do segundo grau. É absolutamente idêntico ao cursinho: as apostilas, os simulados, tudo para o vestibular. A única diferença é que tem prova a cada dois meses, pra constar uma nota no boletim. A prova foi ridícula de tão fácil. A ideia é não se preocupar com as provas bimestrais, mas com o vestibular que, esse sim, é importante. Importante pra eles, acho. Quanto mais alunos passarem, mais cartazes eles podem colocar pela cidade: 45 aprovados em Medicina – 134 aprovados em Direito etc.

Minha turma tem trezentos alunos. A chamada é feita por um monitor que entra no meio de cada aula e a gente nem vê. Ele anota as cadeiras vazias e dá falta pro dono da cadeira. Cada um tem seu lugar certo. Os alunos vagabundos às vezes pagam pros CDFs sentarem no lugar deles, pra não levarem falta.

Eu sento na p-8. É meio no fundão, mas não importa, a sala não tem bagunça nem conversa nenhuma, qualquer barulho e você é expulso da aula. Ainda não conheço quase ninguém. Troco algumas palavras com minha vizinha de cadeira, mas ela é mais tímida que eu. O garoto que senta atrás de mim, na q-8, faz musculação e fala disso em todos os intervalos. Descobri o nome dele pelos amigos, que repetem "Fabiano" pra cá e pra lá. Comigo mesma, eu o chamo carinhosamente de Fabianão. As conversas dele são tão bobas que acho engraçado.

Sempre odiei escolas assim, tipo fábrica. As escolas mais famosas de Curitiba são deprimentes – uns cem alunos em cada turma, a matéria vem toda em apostilas, o professor repete a mesma aula igualzinha em todas as turmas, até o tempo é cronometrado.

Desde que terminei o primeiro grau, minha vida escolar anda um suplício. Queria uma escola que nem o Cuore, onde estudei dos seis ao catorze anos: era pequeno, os professores eram amigos da gente. Mas minha mãe praticamente implorou pra eu fazer a escola técnica, que é federal (gratuita). Tentei, mas odiei. Provavelmente, escolhi o curso errado (se tivesse escolhido Eletrônica, acho que gostaria mais). Mas não dava pra trocar. Aguentei, sofrendo por dois anos e, finalmente, no terceiro, me rendi. Resolvi fazer o que todo mundo faz e entrar no terceirão – afinal, querendo ou não, tenho que prestar vestibular no fim do ano.

Minha mãe anda super sem grana porque meu pai não ajuda muito (eles são separados, acho que já disse). É uma novela, que seria engraçada se não fosse triste – qualquer dia desses te explico. Tenho dó de gastar o dinheiro dela – o terceirão não é barato. Ela não reclamou, porque é a melhor chance de passar no vestibular da Universidade Federal. Eu que me sinto culpada mesmo. É bizarro ter que pagar caro, durante um ano, pra entrar numa faculdade pública.

Nossa. Já são quase dez horas da noite. Minha mãe está atrasada. É melhor chamar meu irmão no vizinho, senão ela vai ter mais essa dor de cabeça quando chegar.

Ainda bem que já é quase hora de ir pra cama. Ler um pouco e apagar. Comecei um livro bem legal: *Conan of Cimmeria*. É uma coletânea das histórias antigas que deram origem aos filmes. Gosto do Conan. Acho que, por isso, simpatizo com o Fabianão. Uns brutamontes meio bobos.

Boa noite.

P.S.: (No dia seguinte, melancólica, ouvindo Billie Holiday):

Suspiro.

Tenho um pequeno comentário sobre o que escrevi ontem, minha simpatia pelo Fabianão. Desde os dois anos de idade, a Rafaela era minha melhor amiga, que eu amava com intensidade e toda pureza do meu coração. É muito triste que ela esteja cada vez mais estranha comigo. Por outro lado, talvez seja melhor. Se eu fizer novos amigos (ou amigas), será mais fácil falar das minhas dúvidas atuais sobre a vida (e os amores). Posso me apresentar de um jeito diferente, mostrar logo minha "nova eu", e ninguém vai me olhar esquisito como se eu tivesse me transformado numa extraterrestre

É isso.

Beijinhos,

Luísa

13.

CTBA, 2/4/91

Mais uma terça-feira e eu aqui no meu quarto à noite.

Minha mãe tem um grupo de vôlei na terça, depois do trabalho. Ela volta lá pelas nove e meia, eu quase não a vejo. Quando saio para o colégio, ela ainda não acordou. Quando ela volta, só toma banho, come alguma coisa e já é hora de dormir. (OBS.: Eu acordo às quinze pras seis da manhã, pra chegar no colégio às sete e quinze. Por isso vou dormir às dez.)

Ontem foi primeiro de abril. Tive uma sensação estranha. Parecia que tudo nas últimas semanas era uma invenção da minha cabeça – suas cartas, as amigas da Vanessa na confeitaria, o Wallace, o show no Bar do Hermes, o texto que mandei pra *Twist*. Quando eu estava concentrada pra fazer a matéria, parecia a coisa mais importante do mundo. Depois que chegou tua carta, com o suspense sobre os selecionados do concurso, fiquei contando os minutos, mal podia esperar o começo do mês, quando chega minha assinatura pelo correio. Mas passou a semana, aula, mais aula, inglês, paranoia de vestibular, e parece que nada daquilo aconteceu de verdade.

A Rafaela e a Naomi andam cada vez mais esquisitas. Agora, elas estão numa fase anos 1950 sofisticada. Só ouvem jazz e usam roupas estilo antigo, tipo saia de pregas, colarzinho de pérolas, blusinhas de fio (chama *twin set*, elas disseram). Fazem escova no cabelo pra ficar certinho o corte Chanel. Nada fora do lugar. Desisti de tentar acompanhar, não ia dar, não sou tão culta como elas.

É meio esquisita essa mania de usar roupas antiquadas, tipo intelectual. Curitiba é uma cidade bem pretensiosa nisso. As pessoas adoram dizer que são descendentes de europeus. Falam com orgulho que aqui é "primeiro mundo". Mas não, não é primeiro mundo. Lembro muito bem daquela maluquice de inflação em 85, quando estava na quinta série. A gente fazia fila pra comprar leite, que era racionado. Deprimente. Esses presidentes – Sarney, Collor –, posso não entender nada de política, mas tá na cara que são picaretas. E o Collor ganhou a eleição aqui, igualzinho aos outros estados. Fingir que tem "espírito europeu" nessas condições é ridículo.

Meio pra contrariar, ando com umas roupas cada dia mais largadas. Pedi pra minha mãe costurar umas calças de flanela bem soltas, tipo pijama. Uso camisetas com a gola rasgada, ou camisas de homem, de botão. O cabelo, faço um rabo-de-cavalo, e fica um pompom. Acho que pareço um palito vestindo as roupas do meu avô. Mas me sinto bem assim.

P.S. (No dia seguinte):

Érica, puxa vida!!!

Chegou a revista! Nem acreditei. Obrigada!!!

Escrevi essa carta ontem à noite, estava me enterrando de tanto desânimo. Ia colocar no correio depois da escola, mas esqueci o envelope em casa.

Quando voltei da aula hoje, recebi seu bilhete com a revista. Caramba!!!

Nem consigo escrever agora.

Amanhã penso se mando esta carta ou não.

Mas achei tão chique, imagina, meu nome de verdade ali na revista!

14.

(BILHETE MANUSCRITO ENVIADO COM A REVISTA TWIST, EDIÇÃO DE ABRIL.)

Luísa,

A revista chegou hoje aqui na redação.

Sei que você tem tua assinatura, mas te mando já pra chegar mais rápido.

Teu texto foi elogiado de vera por aqui.

Nasce uma repórter – Clark Kent que se cuide.

Parabéns, Lu.

15.

Oi, minha querida.

Juro, estou sentindo tanto amor por você agora.

Me contorci e flutuei no ar, como o cachorro do Pepe Legal ao ganhar um biscoito canino, pensando em como você foi joia comigo. E gentil. E carinhosa. Me deu coragem e rumo.

Sei lá, acho que ninguém nunca fez algo tão bonito por mim.

Falando assim parece egoísta, tipo "eu gosto dela porque ela me incentiva". Mas não é isso. É que me senti tão especial (e lá vou eu parecendo egoísta de novo...). Nunca me senti assim.

Tem uma música do filme *Noviça rebelde*, quando Maria percebe que ela e o capitão estão apaixonados: "Here you are, standing there, loving me/ Whether or not you should/ So somewhere in my youth or childhood/ I must have done something good". É assim que eu me sinto. "Em algum momento do passado, devo ter feito algo de bom." Você me deu toda essa atenção... então devo valer um mínimo que seja.

(OBS.: Eu e a Rafaela tivemos uma fase fanática pela Noviça rebelde. Mas já passou.)

Fiquei feliz-feliz como no dia em que recebi tua primeira carta, mas foi diferente. Dessa vez, estava mais tranquila. Mais orgulhosa porque tinha escrito algo pesquisado, com conteúdo, não só divagações sobre a minha vida.

Li umas dez vezes a página com meu texto na revista. Depois, achei que era vaidade demais. Mas parecia tão inacreditável. Mesmo olhando mil vezes, não me convencia que era real.

Engraçado que parecia outro texto, como se outra pessoa tivesse escrito. Você se sentiu assim quando começou a trabalhar no *Diário*? Do jeito que você contou, a história triste do seu tio, entendi que você não teve a chance de comemorar seu primeiro emprego. Mas, agora, fico pensando se, apesar de tudo, você se sentiu feliz e orgulhosa de ver suas palavras impressas.

Minha mãe ficou satisfeita. Ela até te elogiou. Disse: "É... parece que essa moça é decente, afinal". E meu pai, que figura. No fim de semana, ele estava com o grupo de amigos motoqueiros (eles viajam em turma de vez em quando). Mostrou a revista pra todo mundo! Fiquei morrendo de vergonha. Mas esses amigos são engraçados, uns velhos barrigudos de jaqueta de couro, então relaxei. Todos fizeram cara séria e vieram me cumprimentar supereducados: "Parabéns, mocinha" e tal.

O lado ruim aconteceu com a Rafaela. Já tinha decidido que não ia mostrar a revista para a Naomi, porque ela é mais orgulhosa, achei que ficaria puta por causa do Wallace. Mas a Rafaela é minha melhor amiga desde os dois anos de idade. Fomos juntas às festas juninas do jardim de infância! Então, mostrei pra ela, claro, achei que ficaria feliz por mim. Ela leu e não fez NENHUM comentário. Nem um "nossa, que legal". Ficou séria e me devolveu a revista.

Na hora, fiquei tão pasmada que nem falei nada. Eu já tinha explicado sobre o Wallace. Foi uma pesquisa – um trabalho – sobre música. Não tem nenhuma segunda intenção nisso. Depois, fiquei pensando que o problema foi a matéria, mesmo. Ela, às vezes, diz que quer ser jornalista. Talvez ache injusto eu escrever pra uma revista antes dela.

Mas isso foi totalmente por acaso. Era um concurso. Foi sugestão sua, mas era aberto a todos. Se ela queria escrever também, por que não participou? Poderia ter ido comigo no show.

Dane-se, deixa pra lá. Nem sei se foi isso. Estou meio neurótica. Melhor não te cansar com essas histórias.

Voltando ao começo.

Estou muito, muito feliz.

Obrigada, obrigada, obrigada.

Você é uma moça muito legal.

Muitos beijos, com muito amor,

Luísa

P.S. (4 de abril): Esta é a carta verdadeira. Escrevi outra, antes, com umas paranoias sobre roupas e intelectuais. Mando junto porque explica melhor a novela com a Rafaela e a Naomi. Mas, por favor, ignore o blá-blá-blá e as lamúrias.

16.

SP, 16/04

Luísa querida,

Chegaram já cartas de leitores aqui na redação comentando tua matéria. O movimento punk em SP e no ABC é forte. Alguns elogios pelo destaque ao punk nacional. Os caras do fanzine *Wild Stone* ofereceram uns exemplares pra você conhecer. Mando junto no envelope, parece massa.

Teve também uns marmanjos dando uma de gaiato – "passa o número dessa gatinha" e tal. A história do "suor masculino" deve ter mexido com eles. Bateu uma certa neura, o medo de te colocar em perigo, como se eu fosse tua irmã mais velha, sei lá. Vê se te cuida caso vá num desses shows de novo. Não confia muito nos punks te queixando – ou em marmanjo nenhum, aliás.

Agora, uma pergunta importante. Você consegue escrever outro texto, para a *Twist* de maio? Sei que tá meio em cima. Mas o Ratier gostou da repercussão e quer falar das outras bandas que você mencionou na tua carta (Missionários, Estupro, tinha outra que esqueci agora). Ele elogiou teu estilo "ingênuo", como quem está descobrindo a vida. Pode ser no formato entrevista. Ou, então, uma resenha das fitas demo.

O prazo é meio curto. Tem que ficar pronto até a próxima quarta, 24 (fechamos dia 26). Se não der tempo pro correio, deve ter aí algum lugar que mande fax. Topas?

É teu mérito, de vera, esse convite. Você escreve muito bem – tem estilo e personalidade. Eu já sabia disso, e a proposta do Ratier confirma. Talvez você não tenha noção da originalidade e honestidade da sua escrita (ou sim?). De toda forma, vale frisar. Ao mesmo tempo, se me permites, sendo meio advogada do diabo, quero comentar o parágrafo em que você diz "voltei pra casa cheirando a suor masculino".

Tem uma questão de interpretação que acho importante falar. Repare na leitura ambígua da frase. Sabendo um pouco da tua história, entendi como um efeito colateral incômodo da tua aventura – essa inhaca ao voltar pra casa. Mas alguns caras podem achar a cena erótica: como se você estivesse satisfeita com esses fluidos corporais. Meu dilema é o seguinte (e, confesso, é apenas intuição/especulação da minha parte): será que justamente esse apelo erótico interessou aos meus colegas de redação?

Sinto muito te falar isso e jogar esse balde de água fria.

Ao mesmo tempo... essa é infelizmente minha vida. Toda hora medindo as palavras, nesse rio raso, teimando em ser mais que uma "jornalista mulher". Toda hora piadinhas, por que falo assim, que palavra é essa, misturando expressões de família com sotaque paulista, tanto que já nem sei que língua falo. Insisto em escrever o que me interessa, mas, em geral, caio numa cilada comparativa. Por exemplo: na seção Discografia Básica (minha preferida na *Twist*), consegui escrever sobre a fase psicodélica do Zé Ramalho porque minha família é "nordestina"; me deram a chance pela minha "bagagem cultural". Mas quando quis escrever sobre Joy Division, perdi a pauta pra um colega que já esteve em Manchester, mesmo que, no fundo, ele soubesse menos que eu sobre as referências literárias da banda. Só consegui analisar as letras do Ian Curtis indiretamente, num especial sobre a Grace Jones (uma resenha de "She Lost Control", na versão dela – não sei se você leu, foi um texto massa de fazer).

Explico tudo isso aqui pra contextualizar meu conselho. Perdoe o tom professoral, mas acho importante você reparar nisso. Avalie essas alternativas pra fechar aquele parágrafo:

"Voltei pra casa ansiando por um banho, pra lavar aquele suor masculino."

"Voltei pra casa energizada pelo meu próprio suor."

"Voltei pra casa com a alma lavada."

É provável que as versões acima não seduzam tanto os leitores (homens) da revista. Ao mesmo tempo, não dá uma punheta de bandeja pra eles. Vê a diferença?

Espero, claro, que você aceite a encomenda da nova matéria. É um espaço importante que você conquistou. Ao mesmo tempo, acredite na sinceridade de minha preocupação. E também, *please*, dê um desconto na secura desta carta. Ando trampando demais desde que virei editora. Ontem saí daqui às *fucking três de la matina*, esperando uma ligação de Los Angeles. Estou só o pó.

Te mando todo meu carinho,

Érica

17.

CURITIBA, 19 DE ABRIL DE 1991

Oi, Érica.

Hoje é sexta-feira. Tua carta chegou ontem. Desculpa a letra manuscrita. Estou escrevendo durante a aula, vou ao correio na hora do almoço. Você mandou suas reflexões e a proposta da outra matéria para a *Twist* de maio e decidi responder logo pra não te deixar esperando.

Na verdade, não sei como responder. Fiquei um tempão pensando ontem à noite. Me assustei um pouco com tudo que você disse.

Acho que entendi os exemplos. Você, provavelmente, tem razão. Realmente, não percebi quando fiz o texto.

O que posso dizer, primeiro, é que agradeço pelos comentários e conselhos. Ao mesmo tempo, agora tenho certeza, não sou competente pra fazer outra matéria. Em teoria, era só repetir o mesmo esquema: falar com o Wallace, pedir ajuda. Ouvir as fitas das bandas e tudo que ele sabe sobre elas. Mas, pra mandar o texto até o dia 24, precisaria falar com ele hoje mesmo, ouvir as fitas no fim de semana, escrever no domingo. Fiquei estressada só de planejar. Se ele não estiver na escola técnica, não sei como encontrá-lo, porque não tenho o número de telefone dele. Teria que voltar à escola no sábado de manhã, mas, se ele faltasse de novo, tudo daria errado. E depois de tudo isso (todo esforço para conseguir o material e as informações com ele), ainda precisaria medir minhas palavras pra não parecer "erótica", como você apontou.

Fiquei tão cansada de pensar que fui dormir sem decidir nada.

Aí, hoje cedo, cheguei na aula e tive uma péssima notícia.

Divulgaram o resultado do primeiro simulado do ano. É uma prova que eles fazem, igualzinha ao vestibular, para todos os alunos. Este é o maior curso pré-vestibular da cidade, ou seja: a nota no simulado dá uma boa indicação das suas chances no vestibular de verdade. Minha nota foi péssima. E essa é uma longa história paralela, sem nenhuma relação com a *Twist*.

Ainda nem sei que curso vou fazer e, com uma nota ruim, minhas opções diminuem ainda mais. Minha mãe quer que eu tente Medicina. Ela diz que sou inteligente e consigo, se me esforçar. Medicina é uma profissão segura, sem altos e baixos de desemprego, sempre alguém vai precisar de um médico. Nem preciso dizer que esse argumento não é nada estimulante. Além do mais, tenho aflição de gilete, estilete, qualquer lâmina – não consigo nem me imaginar cortando um cadáver ou pessoa viva.

A Rafaela quer fazer Jornalismo ou História da Arte. No intercâmbio, ela conheceu uma garota americana que ia estudar Arqueologia e Egiptologia – ela achou isso superincrível. Ela gosta de coisas exóticas e antigas. Então, pensou que Jornalismo poderia ser legal, porque gosta de escrever, poderia trabalhar numa revista de turismo e viagens. Meio embaralhado, mas pelo menos ela quer alguma coisa. Gostar já é um grande passo.

Tenho pudor de inventar essas fantasias e divagações. Concordo com minha mãe num ponto: quero um curso útil, que me dê a chance de trabalhar logo (pra ganhar meu dinheiro e morar sozinha). Mas tem que ser algo interessante. Não quero passar a vida deprimida.

Sempre gostei de Matemática e Física, cheguei a pensar nisso. Seria legal ser pesquisadora de Astrofísica num observatório no meio do deserto (olhaí as fantasias escapando...). Mas a maior probabilidade nesses cursos é ser professora e, nesse momento, não quero nem pensar nisso. Já pensou, sair da escola depois de estudar a vida toda e voltar pra escola pra trabalhar?

Enfim. No momento, o que posso fazer é estudar mais. Assim, tenho mais chance de passar no curso que quiser, quando finalmente escolher algum. Até hoje, nunca "estudei" de verdade. A escola sempre foi meio fácil pra mim. O Cuore era tão legal que eu fazia os trabalhos com gosto, sem obrigação. Tive dois professores geniais de Matemática e Física – o Tadeu e o Carlos. Parece estranho dizer isso, mas eu adorava resolver equações. Quanto mais complicadas, mais eu gostava. Bem, agora chegou a hora de olhar isso com seriedade, mapear o que já sei e o que não sei, e estabelecer algumas metas, principalmente pra fortalecer meus pontos fracos. (Minha mãe ia gostar dessa frase!)

Por isso tudo – mil desculpas, espero que isso não faça você desistir de mim – decidi recusar a proposta da *Twist*. Pra escrever a primeira matéria, gastei muito tempo pesquisando sobre bandas e discos e shows. Tempo que eu poderia ter usado pra estudar. Gosto de escrever pra você. É livre e me acalma. É como se eu conversasse com uma pessoa legal e inteligente, que sabe das coisas, que mostra o lado bom e secreto do mundo. Já as matérias, ao contrário, não são para você, mas para a *Twist*. Só participei do concurso porque foi você quem deu a ideia, parecia importante pra você. Por mim mesma, nunca teria escrito. Não quero ser jornalista. E, menos ainda, escrever sobre música, que ouço com a mente solta, sem pensar.

Desejo de todo coração que você não fique muito decepcionada. Estou desistindo só das matérias, não de você. Vou continuar mandando minhas cartas, e seria muito,

muito bom se você pudesse responder de vez em quando. Acho que as coisas mudaram desde que você me respondeu pela primeira vez. Minhas cartas antigas eram mais naturais e engraçadas. Agora, acabaram as piadinhas e os diálogos imaginários malucos. Sobrei eu mesma, seja qual for o valor disso. Espero que suficiente pra você ainda se interessar.

Um beijo,
com a esperança de que você me entenda,
Luísa

18.

TRISTE E FRIA CURITIBA, 7 DE MAIO DE 1991

Noite. Está bem frio aqui. Meu pé estava gelado, coloquei duas meias. Meus dedos doem com cãibras, nada me esquenta. Quando era criança, nunca sentia frio. Mas esse tempo passou.

Terça-feira, de novo e de novo. A semana mal começou e já estou cansada.

Tentei assistir TV com meu irmão, mas não tem nada interessante. Novelas chatas. Como pode, três novelas, em três canais diferentes, e todas chatas?

Mas nunca fui de novela mesmo. Muito menos a das oito.

A última coisa legal na TV foi *TV Pirata*. E justo ela acabou.

Dane-se. TV não faz falta nenhuma.

Felipe (meu irmão) está jogando o maldito jogo do Mickey no videogame. Já pedi mil vezes pra ele abaixar a musiquinha irritante. Vou jogar esse Megadrive pela janela.

Você nunca mais me escreveu.

Entendo.

Achei que isso podia acontecer quando desisti da matéria da *Twist*.

Não estou me fazendo de coitada. Era um risco, eu sabia.

Nos últimos dias, fiquei repetindo pra mim mesma: "Se ela não responder, não vou escrever mais". Toda história acaba. Tenho outras coisas pra me preocupar agora. Não estou triste. Também não estou feliz, mas isso não importa. O importante é que estou calma.

As coisas estão esquisitas aqui em casa. Minha mãe anda meio quieta. Antes, eu reclamava que ela me controlava demais, estava sempre pegando no meu pé. Agora, ela quase não liga para nada. Ficamos quietas as duas, sem brigar, e sem falar nada profundo.

É estranho. Apesar de passar dias inteiros sem conversar com quase ninguém, não me incomoda, acho que me acostumei. Mesmo sem minhas amigas, não me sinto sozinha. Tem vantagens: ajuda a me concentrar. Estudei bastante na última semana. Comecei a assistir aulas de exatas à tarde, num horário extra com conteúdo mais difícil para quem vai prestar Engenharia no ITA. Está incluído na mensalidade. São umas vinte pessoas, a maioria garotos. Gosto de exatas, me sinto bem. Eles ficam quietos, fazem os exercícios no intervalo. Estão sempre estudando.

A Naomi me telefonou anteontem, no domingo. Foi uma conversa diferente.

Primeiro, eu não sabia o que dizer. Fazia tempo que não falava com ela. Não entendi por que me ligou daquele jeito, sem motivo, num domingo de manhã.

Ela queria conversar e ficou um tempão no telefone. Contou umas coisas da irmã e dos pais dela. Está preocupada, os pais tiveram uma briga, ameaçaram se separar. Mas o pai tem uma viagem de trabalho para o Japão, vai ficar três meses. Segundo a irmã, eles deixaram para decidir depois.

Fiquei triste por ela. Não foi nada fácil quando meus pais se separaram. Eu tinha catorze anos. Lembro de todas as brigas, foi um inferno, eles ficaram dois anos discutindo por dinheiro até minha mãe se cansar de vez.

Eu e a Naomi conversamos bastante sobre isso, pais, casamento etc. Depois de um tempo, fui esquecendo que a gente estava afastada, parecia que éramos amigas de novo. Então, acabei contando pra ela sobre a história da revista, como Wallace me ajudou, e como tudo terminou. Expliquei que pedi ajuda a ele porque a tarefa era muito importante, eu precisava fazer o trabalho bem-feito para me destacar no concurso. "Porque sou apaixonada pela Érica, de verdade", eu quase disse. Mesmo não dizendo, fui bem emotiva e, isso, ela percebeu.

Para minha surpresa, ela reagiu bem.

Pareceu até que já sabia.

Ela me elogiou meio séria, disse: "Você sempre escreveu bem. Óbvio que iria ganhar". Mas não pediu pra ler a matéria. Talvez já tenha lido. Não sei.

Criei coragem e perguntei o que tinha acontecido de verdade entre elas e o Wallace, por que ela e a Rafa mudaram tanto. Às vezes, é mais fácil por telefone, só pela voz, sem olhar o rosto da pessoa.

Naomi disse que gostava do Wallace desde quando o conheceu. Mais do que a Rafaela, que achava esquisito ele sempre de coturno velho, esfolado (a Rafa, inclusive, estava namorando outro carinha no ano passado). Mas o Wallace ficou meio fascinado e confessou pra Naomi, disse que a Rafa tinha "uma beleza antiga, meio misteriosa". Esse foi o começo da história. Eles viraram melhores amigos, um trio inseparável na escola técnica. A Rafaela só encontrava o namorado no sábado e domingo.

Durante a semana, os três viviam juntos, assistiam às aulas juntos, passavam as tardes no pátio da escola conversando. Era tudo muito filosófico e sonhador: falavam de poetas, o Wallace contava de uma banda islandesa que ele admirava, músicas hipnóticas, melancolia. Até que um dia, a Rafa faltou na escola por um motivo qualquer.

Naomi e Wallace passaram a tarde só entre eles. Naomi estava no auge da paixão, mas nunca tinha falado pra ele.

Naquela tarde, ela falou, e os dois se beijaram. Daí, segundo a Naomi, a Rafaela "enlouqueceu".

Foi só o que ela disse. Sem detalhes. Ela "enlouqueceu".

Já estávamos no telefone por quase três horas. Minha mãe me chamava fazia tempo, e eu enrolando, pra tentar saber mais.

De repente, minha mãe chegou na sala espumando: "Luísa, desliga isso agora!".

Tive que desligar.

Disse pra Naomi pra sairmos um dia.

Durante a semana, está difícil. Tenho inglês às terças e quintas, as aulas de exatas às segundas e quartas. Amanhã, vou ligar pra ver se ela quer ir ao cinema na sexta-feira.

Prometi pra mim mesma que não ia mais te escrever.

Minha palavra não vale nada, pelo jeito.

Fico sozinha à noite, no quarto, minha cabeça cheia de ideias esquisitas.

Na terça-feira posso escrever à máquina sem ninguém perceber. Minha mãe não está em casa. O Felipe não liga. Ninguém fica sabendo.

É até melhor que você não responda.

Sem nenhuma carta sua, é como se nunca tivesse acontecido.

Sem despedidas. Sem beijo.

Acabou.

Ou nada disso nunca existiu.

19.

SP, 13/05

Oi, Luísa.

Estou aqui lendo tuas cartas e pensando em ti. Peço mil perdões por não ter respondido antes, não tem problema nenhum você ter recusado a matéria. Fui crítica demais em tudo que te escrevi, você não merecia tanta acidez. Além disso, a proposta do Ratier era meio roubada, pedir o texto em cima da hora. Se fosse comigo, mesmo escolada com pautas urgentes e chefes abusados, também teria vontade de mandar pra baixa da égua.

Pensei em te escrever umas ideias criativas hoje, te inteirar das novidades do jornalismo cultural, mas desisti porque encanei com o final melancólico da tua última carta. Fiquei supergrilada com aquelas palavras: "acabou", "nada existiu". Nem sei se devia falar dessas barras pesadas, tô longe e não posso te ajudar realmente. Mas, maninha – pode contar comigo, tô aqui, mesmo que, às vezes, meio amarga ou sumida por pura incompetência e desorganização.

Quando eu tava no colégio em Rio Branco, um amigo meu se matou. Foi barra. Muita faladeira na escola (disseram que se enforcou com a corda do violão); desolação profunda entre os amigos. E os pais dele. Triste demais.

Sei que a vida é lascada. É dose sobreviver com um mínimo de diversão e arte, como dizem os Titãs. Era até um alívio se um meteoro explodisse o planeta de uma lapada só. Mas é dose pra todo mundo – aí é que está. Vale mais ouvir o Lula Côrtes e "desfeita em pedaços, seguir no encalço desses sonhos".

Tá tenso o clima aqui na redação. A diretoria tá pressionando porque as vendas caíram nos últimos meses (de todas as revistas). Tem o guenzo de um superintendente de marketing dando palpite em assuntos que não manja nada. "Rock é um nicho secundário", "Seguir as novas tendências", essa conversa mole. Bicho, a *Twist* tá cheia de "novas tendências", algumas altamente questionáveis. Nas últimas capas, teve "cantora eclética", dance, hip-hop. A turma do rock tá invocada, cartas acusando a gente de vendidos pra baixo, dizendo que a revista morreu. Nas reuniões com o marketing, tenho vontade de largar mão de vez. Fico dizendo ã-hã, ã-hã, como uma lesa. Emprego é emprego. Se quiserem fechar tudo, o negócio é deles e não meu.

Mas, se aprendi uma coisa nesses vinte e seis anos de vida (oooh), foi que nada disso importa. A gente se segura como pode. Vale mais aproveitar o que temos (uns beijos, umas músicas, uma carta). Dane-se o resto.

OBS.: Tenho que te falar uma coisa. Tô de mudança, meu pai vai vender o apartamento. Fico uns tempos com o Cássio (namorado) até achar algo decente e pagável pra alugar. Não sei de nada certo ainda. Ele viaja em agosto, tá tudo meio empatado.

Este endereço não vale mais a partir de junho.

Escreva pra redação, é mais garantido me encontrar.

Eles entregam as cartas direitinho, fique tranquila. É só colocar o nome da revista e depois "A/C Érica Amazonas".

Quando vejo teu nome no envelope, é a primeira coisa que leio.

Te cuida. Lembra que meu coração tem um cantinho especial que é teu.

Beijos desta tua admiradora e filósofa,

Érica

CTBA, 28/05/91

Oi, Érica.

Amanhã é meu aniversário. Dezessete anos.

Aniversário na quarta-feira não tem graça nenhuma.

Minha mãe vai levar a gente na pizzaria do bairro. E só.

Mando esta carta para a redação, como você disse.

É só pra me despedir.

Não vou me matar, fica tranquila. (Admito que alguma ideia próxima já me ocorreu... não propriamente suicídio, mas algo tipo "era melhor que eu nunca tivesse existido". Mas, como já disse antes, odeio qualquer coisa com sangue. E tenho medo de altura. Navalhas, armas, janelas, tô fora. Minha única esperança de desaparecimento é uma nave extraterrestre que venha me buscar, como em *Contatos imediatos*.)

A verdade é que decidi MESMO parar de te escrever.

As cartas estão me fazendo mal. Fiquei viciada nelas. Parece que só fico feliz quando recebo uma resposta sua. Penso nisso o tempo todo, mesmo que tente deixar pra lá. Repito pra mim mesma: "Não seja obsessiva, deixe as coisas acontecerem naturalmente". Mas meu pensamento sempre volta pro mesmo ponto: "Será que ela vai me responder? Será que tem carta na portaria? Será que ela escreveu e a carta se perdeu no correio?".

Então, percebi que EU preciso parar. Se não escrever mais, não preciso de resposta. Desisto e pronto. Assim, vai ser mais fácil controlar minhas neuroses.

Mando uma foto minha como despedida.

É uma três por quatro que tirei pra renovar meu RG. O antigo ainda tinha foto de criança. Estou meio cabeluda. Mas a foto é verdadeira: essa é a minha cara.

É isso.

Tchau.

Você é uma mulher legal.

Foi divertido, eu sei.

Mas tenho que tocar a minha vida e não dá pra pirar em coisas tão distantes.

Te cuida também.

Boa sorte com o apartamento novo.

Um beijo (o último).

Luísa

21.

Data: 17.06.1991
Nome: Luísa da Silva Romine
Código de Assinante: 003125990
Revista: *Micro Input*

Caro Assinante,

Recebemos seu pedido de troca de assinatura. O pedido foi processado e a entrega da revista *Micro Input* se iniciará no mês de julho, até o período de vencimento.

Informamos que o valor anual do novo pedido é superior à sua assinatura anterior. Deste modo, o prazo de recebimento foi ajustado ao pagamento já realizado. O novo prazo para vencimento e/ou renovação será em novembro/1991.

Estamos à disposição para quaisquer esclarecimentos.

Desejamos uma ótima leitura. Sua satisfação é nosso maior compromisso.

Editora Indigo
Departamento de Assinaturas
Avenida Santa Marina, 718 – CEP 05036 – São Paulo – SP
Tel. (011) 823-9222

22.

SP, 26.07.91

Oi, Luísa.

Voltei pra redação nesta semana, depois de vinte dias de férias.

Tua última carta estava aqui na minha gaveta.

Li antes das férias e não respondi por dois motivos. Primeiro, porque entendo tua decisão. Se uma coisa te faz mal, é melhor torar na raiz. Já tentei várias vezes deixar de fumar, por exemplo. Tem que ser tudo ou nada. (Nunca funcionou no meu caso, mas acredito no futuro.)

O segundo motivo foi minha incapacidade de te dizer algo relevante sobre esse assunto. Você é quem sabe da tua vida. Quem sou eu pra te dizer o que fazer ou não fazer? Só resolvi escrever agora pra me despedir decentemente. Afinal, sou das antigas. Tenho o costume de dizer "boa-tarde", "faz favor", "licença", "agradecida".

Dito isso, só me resta concordar contigo e sair de cena.

Talvez me sinta como a velha coleção de discos da Olivia Newton-John, que joguei fora no verão de 1983, quando vim pra São Paulo. Ultrapassada e meio brega (embora, confesso, comprei *Physical* em CD alguns anos depois, e ainda ouço às vezes).

Só pra terminar, umas palavras sobre tua foto.

Estou com ela aqui na minha frente agora.

Tem um filme antigo que marcou minha adolescência (eu era vidrada em aventuras de capa e espada). Passava na Sessão da Tarde, na TV Acre: *A vingança dos piratas*. É sobre uma pirata mulher que se apaixona, depois é enganada por um oficial da marinha francesa. O final é trágico, mas eu adorava a garota pirata, capitã de um navio, empunhando a espada, enfrentando seu rival e antigo mentor

Barba Negra. A atriz tinha o cabelo grande e usava umas roupas velhas de algodão: calça larga, colete, um cinturão onde ela apoiava os braços, guerreira.

Teu olhar é corajoso como o dela.

Mais que isso: nenhum marinheiro francês conseguiria te enganar. Tenho certeza.

23.

SP, 20.08

Luísa, Luísa.

Estou aqui te escrevendo novamente, o que não deveria e prometi não fazer.

Mas esta semana está puxada. De repente, deu vontade de saber notícias de Curitiba, de teus colegas de cursinho, das amigas ciumentas. Teu irmão ainda é viciado em Mega-drive? Outro dia vi o trailer do *Exterminador do futuro 2*, que vai estrear. Tem uns efeitos massa de computador.

A revista continua na pauleira de sempre. Muito trabalho, grana apertada. Vamos fazer uma reforma editorial maceta – vai mudar o logo e a arte de capa. Só espero que não dispensem os editores. Seria uma desgraceira perder o emprego agora.

Mas viria a calhar, por outro lado.

O Cássio, meu namorado, viaja no fim desta semana. Ele ganhou uma bolsa da fundação Fulbright pra estudar nos EUA. Vai fazer pós-graduação numa área supernova, que se chama HCI (Human-Computer Interaction), na Universidade Carnegie Mellon, Pensilvânia.

Ótimo pra ele – e um impasse pra mim.

A princípio, morar fora era parte dos meus planos. Estou poupando pra isso. Mas, Pensilvânia? Ainda se fosse na Philadelphia, que não é tão longe de NY. Só que a Universidade fica em Pittsburgh, do outro lado do estado. Ali perto, só tem Cleveland. Que bode.

Parei de choramingar pra não empatar o barato dele, que está orgulhoso e cheio de planos. Com razão: avalie alguém que aprendeu animação digital sozinho e produziu, no computador de casa, um videoclipe incrível para uma banda nova do Recife (Loustal, do meu amigo e genial

Chico Vulgo). Daqui a pouco, ele descobre um portal para os universos paralelos.

Se bobear, eu que danço nessa história.

Preciso resolver até o fim do ano. Não sei se vou, se fico, se compro uma bicicleta. Acho um desperdício gastar meu dinheiro nos EUA. Meu plano era ir pra Berlim – é lá que as coisas acontecem agora. Dilemas...

Sinto falta das tuas cartas.

Fiquei mal-acostumada com teus elogios.

Às vezes, lembro só por lembrar de uma opinião tua – ou escrevo um troço e penso “Acho que ela vai curtir”. Isso, nos bons momentos. Porque, no geral, ando cada vez mais cansada de tudo. Escrevo no automático, com uma vontade danada de apagar cada linha.

Semana passada, bateu uma deprê.

Não sei se você curte o Nick Cave. Ele tá morando em SP faz um tempo. Não aparece muito, só frequenta uns botecos na Vila Madalena. Na quinta (feriado), fui encontrar um amigo no Pé Pra Fora (sujão famoso pela feijoada) pra almoçar e depois seguirmos pra uma coletiva do Deep Purple, que tava na cidade pra dois shows. Quando cheguei no boteco, o Nick Cave estava na mesa.

O cara tava quieto, com a namorada dele e um outro amigo jornalista, que escreveu para a *Twist* um tempo atrás. Meu colega começou a falar pelos cotovelos, meio se exibindo pra namorada do Nick Cave (ou pro próprio Nick, vai saber). Tentei me inserir na conversa, mas ele pouco se lixava pro que eu dizia. Totalmente pavoneado. Sei que marmanjo adora discursar, no geral, mas aquilo deu um bode profundo.

Bem, chega de me lamentar. Como dizia James Brown, o mundo é dos homens – preciso achar meu caminho entre as pedras.

Choramingando desse jeito, só dou motivos pra você não me escrever mais.

Tô com saudades. Meu coração está sempre contigo.

Beijo,

Érica

TRUE COLORS

(Folha sem data nem assinatura)

A garota gostava da Cindy Lauper quando tinha dez anos. Nem tinha menstruado ainda e se identificava com a letra "Girls Just Want to Have Fun": já que tivemos o azar de nascer garotas, vamos nos divertir. Mas ela logo iria descobrir que andar ao sol, como diz a música, nem sempre é fácil.

A garota foi ao cinema num domingo à tarde. Meio triste, meio livre. Completamente sozinha. Ela se achava incompreendida no colégio, na família, na cidade inteira. Idiota. Ou inteligente demais. Magrela. Mas peituda demais. E bunduda demais. Não queria ter peito nem bunda nem nada que fizesse os caras olharem pra ela. Ficar sozinha era pesado – mas era melhor que ouvir os caras idiotas falando merda.

O cinema estava meio vazio. Cinema cultural. O filme se chamava *Coração selvagem*. A mocinha e o mocinho eram selvagens. Ela alta, magra, sem peito. Ele narigudo e carente. Cruzavam o país num carro conversível, fugindo de gente malvada e esquisita. Tudo dava errado. No fim, ele corria sobre os carros engarrafados e cantava "Love Me Tender" para ela.

Tão brega e tão meloso que era bonito.

Tudo exagerado. Feio. Desesperado. Apaixonado. Cafona.

A garota queria ser assim. No fundo, ela era assim.

Na rua, ela encontrou o Garoto de Coturnos. Eles já se conheciam. Tinham conversado sobre muitas coisas: música, bares, outras garotas. Nunca tinham falado um do outro. Ele era um pouco como ela – feio, desesperado.

Talvez porque fosse domingo, o céu nublado, o centro vazio como se a cidade tivesse sido abandonada, os dois não tinham mais nada a fazer, nenhum lugar pra ir. O garoto e a garota sentaram num banco, ao lado de uma banca de jornal, e começaram a conversar.

A garota disse que queria ser magra e sem peitos, como a atriz do filme. Que odiava ter curvas, não se enxergava assim, não queria que os peitos fossem a primeira coisa que notassem. Falou isso confiando na gentileza do garoto, e com medo, ao mesmo tempo, que ele se aproveitasse para passar uma cantada barata. Então, ele disse: "Eu te entendo".

O garoto contou uma coisa que ela nunca poderia imaginar: que começou a usar roupas pretas e a ouvir música punk para mostrar que era homem porque, antes disso, apanhava na escola. Que o chamavam de bichinha e viadinho. E, agora, não sabia como fazer porque, entre seus amigos punk, ele não podia confessar que, na verdade, não via problema em ser bichinha e viadinho.

A garota precisava pegar o ônibus, porque prometera à mãe voltar antes de escurecer. Ele se ofereceu para caminhar com ela, e seguiram a pé. Andando lado a lado, olhando para o caminho em frente, ela criou coragem para contar algumas coisas que estavam soterradas e quase apodrecendo dentro dela. Falou, pela primeira vez em voz alta, que não sentia nenhum interesse por garotos. Às vezes, sonhava que estava beijando sua melhor amiga, e isso a assustava. Ele disse, de novo: "Eu te entendo".

Os dois passaram em frente a uma casa antiga, já perto do prédio dela. Uma senhora toda arrumada desceu de um táxi e olhou torto para o casaco preto dele, o topete punk, os coturnos. A mulher nunca imaginaria do que estavam conversando.

O garoto contou que tinha uma boate gay na cidade, na avenida Sete de Setembro, perto da escola técnica. Ficou uma vez parado na esquina, quase meia hora, criando coragem para entrar.

Não entrou porque se sentiu deslocado: a música alegre, as cores, as transformistas. Seria muita mudança de uma vez. Ainda não estava preparado para tanta alegria.

A garota já vira a boate gay de portas fechadas, durante o dia, quando estudava na mesma escola. Ela imaginou a música e as cores. Então, lembrou de outra música da Cindy Lauper, que agora fazia todo sentido. Triste, melancólica e, ao mesmo tempo, carinhosa, como um abraço. "Não tenha medo de mostrar suas cores verdadeiras", ela pensou. "Eu vejo as suas cores", ela quase disse. Mas mudou de ideia porque, provavelmente, o garoto não gostava da Cindy Lauper.

Os dois chegaram em frente ao prédio da garota. Era hora de se despedir. Ela finalmente olhou nos olhos dele, meio envergonhada, mas juntou todas as energias para dizer: "Eu te entendo também", com toda sinceridade.

SP, 12.09.91

Olá, maninha.

Recebi teu envelope semana passada. Teu conto, meio carta – sei lá. No começo, não soube o que pensar – "Por que ela não usou o próprio nome, por que uma história, como se fosse uma personagem? Ela quer que eu responda ou não?".

Depois, me deixei levar. Curti a história da "garota". Tem poesia. Fiquei feliz de receber notícias de Curitiba. É bom saber que "a garota" está tranquila e curtindo as tardes de domingo. Senti vontade de abraçar o Garoto de Coturnos, dar as mãos aos dois e entrarmos juntos nessa boate gay na avenida Sete de Setembro.

Se meu conselho de velha jornalista serve para alguma coisa, posso garantir que as boates gays são os lugares mais pacíficos, alegres e receptivos que já conheci. As transformistas são as pessoas mais gentis. A alegria está ali pra quem quiser.

OBS.: Quando tiver um minutinho, manda uma carta de verdade.

Beijos e saudades,

Érica

CURITIBA, 22 DE SETEMBRO DE 1991

É primavera, o dia tá gostoso. Nem muito frio nem muito quente. Estou sozinha em casa, pensando. Pensar é uma desculpa quando a gente não está fazendo nada. Almocei no apartamento do meu pai. Felipe ficou lá e eu voltei mais cedo. Minha mãe não está (não sei aonde foi). E eu aqui pensando.

Refletindo sobre a minha vida. Tenho dezessete anos, preciso decidir o que fazer daqui pra frente.

Tinha um beija-flor voando na frente da minha janela. Dizem que eles se enganam com o reflexo no vidro.

Voltando à minha reflexão. No último ano do colegial, todo mundo pergunta o que você vai fazer do futuro. Querem que você decida de qualquer jeito. Pois bem, essa é a minha decisão:

1. Vou parar de estudar.
2. Vou sair de casa.
3. Vou pedir abrigo na boate Época e imitar o Fred Mercury pra ganhar a vida.
4. Rá-rá-rá. Até parece.

Acontece que cansei de ser certinha e conformada. Aula, casa, aula, casa. Queria conversar com o Wallace de novo. Mas não combinamos nada, não trocamos telefone, não sei se ele disse o que disse porque achou que nunca veria minha cara de novo. Foi difícil guardar isso dentro de mim, e decidi contar pra Naomi. Chutei o balde mesmo, não adianta ter amigas pela metade: ou falo as minhas coisas e descubro quem é amiga de verdade, ou é melhor ficar sozinha de vez. Antes, pedi pra ela jurar que não iria interpretar errado, e que acreditaria nas minhas palavras exatamente como eu explicasse. Daí, contei. Ela ouviu tudo o que contei e não se assustou.

Nas últimas semanas, nós duas "percebemos" que a gente caiu na real. A Naomi desencanou da história de ser "elite intelectual" e está se relacionando com os mortais de novo (ou seja, gostou de um cara, que deu um fora nela). Sábado à noite, saímos. Consegui convencer minha mãe, agora tenho o direito de sair na sexta ou no sábado. Desde que avise o lugar – ela vai me buscar à meia-noite.

Fomos num bar chamado Poeta Maldito, que a irmã da Naomi recomendou. Todo mundo era mais velho que a gente. Estava supercheio e barulhento. Não tinha garçom. A gente pagava e pegava as bebidas direto na geladeira. Ficamos em pé num canto (tinha poucas mesas, cheias de gente que parecia se conhecer faz tempo). Bebemos água tônica, porque não estava a fim de arriscar minha liberdade conquistada, caso minha mãe sentisse bafo de álcool. Mesmo assim, não sei se era a fumaça e o ar abafado, de repente parecia que estávamos falando coisas superprofundas e verdadeiras.

Não lembro tudo que a gente falou, mas teve uma parte assim:

(Naomi) Acho que os astros estavam contra mim ontem. Todos os casaizinhos apaixonados da cidade resolveram passar na minha frente. Credo. Não fico triste porque não tenho namorado. Mas porque os outros têm.

(Luísa) Pra mim é pior. Olho as garotas no terceirão tentando adivinhar qual delas seria igual a mim. Entre mil alunos, certamente tem alguma como eu, que gostaria de ficar com uma garota – como eu. Mas não consigo enxergar. Provavelmente, estão muito bem disfarçadas, como eu.

(Naomi) Todas as pessoas do mundo estão disfarçadas. De idiotas.

Minhas conversas com a Naomi são assim, ultimamente. A gente voltou a se falar bastante por telefone. No bar, disse pra ela:

– Naomi, só você entende a tragédia de apodrecer sozinha nesta cidade careta. Desculpe a cafonice da frase. Mas, é isso. Na minha apostila de inglês, está escrito: "Você é tão jovem quanto suas esperanças, tão velho quanto suas descrenças". Devo ser muito velha.

Já não acredito no que acreditava antes. Eu era anarquista, achava que um dia iria me libertar de toda hipocrisia. Agora, nada disso importa. Tenho uma amiga pra conversar, mas não conheço nenhuma garota que eu pudesse namorar. As garotas me parecem um mistério. Não consigo adivinhar o que pensam ou sentem. Me sinto supersozinha.

Por isso, um dia, no desespero, vou casar com o primeiro cara que gostar de mim. Vou arrumar um emprego. Vou ter filhos. Acho que é por isso que as pessoas têm filhos: pra não ficarem sozinhas.

E daí, quando tiver uma família e um marido, bum! Vou embora, porque será impossível aguentar. Vou abandonar meus filhos e carregar a culpa para o resto da vida. Eles ficarão traumatizados e eu infeliz para sempre.

É melhor parar de escrever hoje. Estou muito baixo-astral. Deve ser a ressaca de água tônica.

(Dois dias depois)

Terça-feira à noite. Um pouco mais tranquila.

Érica, desculpa. Não devia dizer as últimas coisas que te escrevi.

Também não sei por que te mando os textos que escrevo e depois me arrependo. Parece uma obrigação moral de te falar a verdade. Como se a verdade importasse. Na prática, pra ter uma amiga, eu deveria falar só o que ela (você) quer ouvir. Mas, se for assim, não adianta ter amigas.

Desculpa também por ter mandado aquela história. Daquele jeito. Como se você fosse a depositária de todos os meus segredos inconfessáveis. Naquele dia, precisava muito conversar com alguém. Mas não tinha ninguém por perto que só me ouvisse, sem uma lição de moral depois.

Muitas coisas estão passando pela minha cabeça desde aquele dia.

Mas, o que eu faço comigo mesma? Parece que vou explodir. Pior que isso. Parece que já explodi. Os pedacinhos do meu cérebro estão flutuando no ar. Minha cabeça está vazia. Faço tudo no automático, porque já não sei o que pensar.

OBS.: Quando você escreveu sobre as boates gays, primeiro, foi uma surpresa, pensei: ela tem uma vida inteira que eu desconheço. Depois, de repente, senti a pulga atrás da orelha, como se esquecesse alguma coisa. Reli sua primeira carta, quando você contou do seu tio. Lá, você falava de um Caio Fernando Abreu, que eu desconhecia. Então, perguntei para o meu pai. Ele explicou que é um escritor gaúcho que mora em São Paulo. Fui na biblioteca e encontrei um livro de contos, *Morangos mofados*. Li inteiro em uma noite. Minha cabeça virou tanto que não daria pra explicar aqui. Anotei essa frase, que um dia vou tatuar em mim: "Num deserto de almas também desertas, uma alma especial reconhece de imediato a outra".

27.

CTBA, 26.09

Oi.

Escrevo rapidinho, só pra corrigir a carta anterior (que já coloquei no correio e me arrependi). Espero que esta chegue logo.

Ontem, fui num médico homeopata. É um japonês que recomendaram pra minha mãe, porque meu irmão tem crises de alergia muito fortes. Ele é caro, mas muito famoso aqui. A amiga da minha mãe disse que ele examina a íris e descobre todos os nossos problemas. Tipo um mágico. Pedi pra minha mãe marcar uma consulta pra mim também. Ela estranhou um pouco, mas marcou.

Foi até engraçado. O médico é meio gordo, fala baixo, tem a mão grande. Ficou olhando minha íris supersério, com um aparelhozinho, tipo uma lupa. Depois do exame, sentei na frente da mesa. Ele perguntou o que estava me incomodando, por que eu estava ali. Tentei me explicar, no começo com vergonha, mas fui me soltando e falei bastante, até, de todo o meu drama com o mistério das garotas que não consigo decifrar.

Sabe o que ele disse?

– Você quer uma namorada. É isso? Então tem que criar coragem e arriscar. Já tentou conversar com uma dessas garotas que você olha de longe?

Foi tão ridículo.

Tão óbvio.

O cara é mágico mesmo, joga na sua cara as evidências que você não vê. De repente, percebi como era tudo bem simples (não fácil, mas simples). Se a consulta não fosse tão cara, iria lá de novo.

Mas, é isso. Estou mais tranquila agora.

Pode jogar minha carta anterior no lixo. Foi a última com esse tipo de pseudofilosofia. Daqui pra frente, só vou estudar e passar nesse maldito vestibular. Acho que é uma resolução. Um avanço.

P.S.: Fiz depilação com cera pra ver como é. Que estranho. Você fica deitada de calcinha e sutiã. Uma mulher desconhecida passa cera quente no seu corpo. Depois, te cutuca com pinça pra tirar os mínimos pelos. Foi a primeira e a última vez.

04/10

Olá, menina.

Então, meu despacho fez efeito.Você voltou a me escrever. Aleluia.

Li tuas reflexões – o tempo passa e a ficha vai caindo, é a mais pura verdade. Achei massa teu médico homeopata. Se um dia eu passar por Curitiba, marco uma consulta com ele.

Tô aqui solteira, repare. Já deu um mês que o Cássio foi para os EUA. Nós não terminamos (ele não quer, e eu fraquejei). A questão é que – na prática – namoro à distância não existe. A gente não fica nem lá nem cá. Me instalei no apartamento dele, o que é, no mínimo, confuso. Pra onde me viro, estão coisas dele, sendo que ele está a oito mil quilômetros de distância.

Agora, sou uma mulher independente (e solitária?). Meu pai, afinal, se decidiu, e vendeu o apê do meu tio Júlio. Eles vieram aqui para uma despedida simbólica. Chorei um tanto, mas foi bom estar com eles. Separamos as lembranças mais importantes, que eles levaram para a casa da minha avó, no Recife. A cabeça dela já não é a mesma, o que traz lá seu lado bom, pois tem dias que, pra ela, o Júlio ainda está vivo.

Em meio a tantas emoções misturadas, me apego às coisas práticas. O aluguel no apê do Cássio é barato, e o lugar é bom. Com mais essa conta pesando no fim do mês, vale ficar atenta ao orçamento.

Achei lindo que você leu *Morangos mofados*. Amo esse livro; foi o último presente que o Júlio me deu, quando fiz dezoito anos. E, sim, eu também tatuaria aquela frase na pele.

Agora que você já conversou com tuas amigas, e está oficialmente procurando uma garota em Curitiba para encher de amor as tuas horas, posso te contar que minha vida amorosa não é tão hétero nem tão colada no Cássio. Esta hora de almoço em que te escrevo não seria suficiente para esmiuçar meus deslizes. Mas compartilho tua angústia de não saber o que é recíproco entre as mulheres. Acredite, melhora com o tempo. Uma hora dessas, uma garota vai te olhar com o brilho mágico do amor correspondido. É confiar nas deusas do arco-íris.

Pra encerrar, quero novidades – como anda esse cursinho? Você vai prestar vestibular para quê? Informo que, se for para Jornalismo – o que não recomendo, é uma profissãozinha bem escrota, mas quase todas são, *anyway* –, posso usar minha "influência" (quá, quá, quá) para te dar uma força.

Manda notícias logo.

Um beijo.

29.

CURITIBA, 10 DE OUTUBRO DE 1991

Oi, Érica.

Estou feliz hoje.

Muito feliz.

Poderia escrever uma carta bem curtinha dizendo só isto: encontrei uma garota. Foi sexta passada, no mesmo dia em que chegou sua carta. Foi um dia bom. Dormi feliz e acordei feliz.

Mas, talvez, você queira saber a história inteira.

Você quer?

Bem, vou contar mesmo assim. (Quero contar, claro. Poderia repetir essa história mil vezes.)

Sexta à noite, eu e a Naomi fomos ao bar Poetas Malditos de novo. Fomos com a Raquel, irmã da Naomi, que estava passando o fim de semana na cidade.

(A Raquel e o namorado foram morar em Londrina, porque ele começou a trabalhar na Embrapa. Eles vão casar no civil, já que, assim, é mais fácil pedir transferência pra Curitiba ou Colombo, que fica perto. Ah, nem sei se te falei: os dois estudaram Agronomia.)

Combinei com minha mãe que ia dormir na casa da Naomi. Como estávamos com a Raquel, não precisamos voltar cedo. (Ela é adulta e "responsável" – argumentei, e minha mãe acreditou.)

Foi muito legal ir ao bar com a Raquel. Ela é superséria (um pouco metida, até). Mas, depois de um tempo, ela relaxa e fica legal. Ela explicou sobre as músicas que estavam tocando e a gente não conhecia – Joy Division (que ouvi pela primeira vez), Roxy Music, Pixies, Sonic Youth. Algumas, já tinha ouvido na casa da Naomi, mas ano passado eu andava meio arrogante e não liguei muito.

(OBS.: Aliás, apesar da "aula" da Raquel, não consigo me livrar do meu lado brega em música. Desde que assisti ao filme *Coração selvagem*, estou vidrada em "Wicked Game", do Chris Isaak.)

Tudo estava superlegal. A gente achou uma mesa e ficamos conversando como universitárias. E então – para minha surpresa, como se surgisse de um outro universo que eu tinha esquecido –, a Vanessa apareceu no bar. Estava com umas amigas, mas não eram aquelas CDFs que conheci da outra vez. Eram um pouco mais velhas, com um estilo que reconheci imediatamente. Eram sapatas, entendidas, caminhoneiras (vocabulário que a Raquel me ensinou – ela tinha amigas sapatonas na faculdade de Agronomia). Vanessa me olhou meio de longe, quase pensei que iam passar reto. Mas ela veio toda educada nos cumprimentar.

Fiquei supertravada e não consegui falar nada. Ela olhou pra mim como se quisesse puxar assunto, mas eu não sabia o que dizer. A Naomi perguntou se ela queria sentar com a gente (quase MATEI ela por isso), mas ela ficou meio em dúvida, e disse que estava com as amigas. Quando saiu, a Naomi me disse:

– Lu, essa garota é tudo que você pediu aos céus!

A Raquel (que também sabe da história) ficou toda decidida e disse:

– Dona Luísa, você tem que ir lá falar com ela. É uma questão de honra!

Respondi que elas poderiam até ter razão, mas não estava disposta a me arriscar com a filha da amiga da minha mãe, porque a história poderia chegar, perigosamente, aos ouvidos da minha mãe. Além disso, já estava roxa de vergonha. Então, a Raquel inventou um plano. Me deu dinheiro e disse pra buscar uma bebida na geladeira.

– Fica lá enrolando – ela disse –, demora na fila, toma sua água tônica lá mesmo, como se estivesse ouvindo a música e curtindo. Se ela estiver a fim, vai falar com você.

Bem, fiz exatamente como a Raquel mandou (com medo de passar vexame, mas fiz).

E funcionou!!!

Fiquei um tempinho perto da geladeira e a Vanessa apareceu. A primeira coisa que ela disse foi:

– Oi, sumida. Você aparece e depois desaparece!

Na hora, me bateu ainda uma pontinha de medo, mas, sei lá, de repente, passou.

Nossa, já escrevi demais. Melhor resumir a história:

1. Achei incrível o plano da Raquel. Funcionou perfeitamente. Como se ela tivesse um superpoder, uma visão de raio-X ou algo assim.

2. A Vanessa me apresentou às amigas dela. Elas foram superprotetoras. Com elas, nenhum cara folgado se aproximou (diferente de quando eu estava na mesa com a Naomi e a Raquel).

3. A Vanessa disse que tentou me encontrar no colégio uns dias depois daquela conversa na confeitaria. Mas foi no endereço errado. O terceirão fica na rua Ângelo Sampaio. Ela achou que era na Vicente Machado, com as turmas de cursinho.

4. Combinamos de almoçar na sexta (amanhã). Tenho a tarde livre. Ela vai me encontrar no fim da aula. Depois, temos a tarde inteira para fazer o que quisermos.

Por isso, estou MUITO MUITO MUITO feliz.

É muito bom ficar com ela.

(OBS.: No bar, não "ficamos", no sentido mais íntimo da palavra. Só conversamos. A Naomi estava perto e me deu vergonha.)

DOMINGO, 13 DE OUTUBRO DE 1991

É domingo e estou deitada na minha cama, olhando a janela aberta, como se flutuasse no céu, sem pensar em nada.

Ontem eu e a Vanessa passamos a tarde no apartamento dela.

Estou me sentindo tão adulta.

Parece que sou uma atleta olímpica, de triátlon ou maratona. Que corri, suei, depois tomei um merecido banho e me joguei no colchão pra descansar, com os braços, pernas e abdômen doloridos.

Olho pra mim mesma e não parece que sou eu.

Acho que nunca fiquei tanto tempo pelada na vida, como ontem com a Vanessa. Os pais dela foram viajar no fim de semana. Ela é filha única e ficou com o apartamento todo pra nós. Passou a trava na porta, pra garantir, e colocou o colchão na sala. Deitamos como se fosse uma tarde normal. Ligamos a TV. Estava passando *Os goonies*.

Só ela e eu.

Beijar por tanto tempo que só a boca existe.

Beijar de língua.

Lamber.

Sugar os lábios uma da outra.

Ninguém sabia que eu estava lá. Só ela e eu. Falei pra minha mãe que ia no cinema com a Naomi. Durante dezessete anos meus sábados foram assim: cinema, mãe, amigas.

Ontem, era outra pessoa.

Hoje, domingo, era eu de novo. Almocei com meu irmão, meu pai e minha avó. E, agora, estou aqui.

Como uma atleta olímpica que às vezes fica deitada e pelada por aí.

Me deu vontade de escrever, para não esquecer. Guardar pra sempre a sensação que tenho agora.

Nem precisa. Nunca vou esquecer.

Mesmo quando for velhinha. Ainda que minha vida tenha sido totalmente idiota.

Posso fechar os olhos e lembrar do dia de ontem. A vida inteira valeu por isso.

SÃO PAULO/25.10

Luísa.

Você é um perigo, garota. Tuas cartas têm uma mistura de pornografia e ingenuidade que bagunça a gente. Só palavras, mas o efeito é poderoso.

Meus sentimentos se dividem, aqui, entre o orgulho e o ciúme. É maravilhoso que você tenha encontrado uma garota legal. É raro, nos nossos tempos, entre mulheres, ter uma primeira vez tão feliz e bonita. Você tem sorte, e merece toda essa sorte. O melhor da vida é isso, menina. Primeiro namoro é fervura. Aproveita.

Meu último ano em Rio Branco foi uma desgraceira. Acho que te contei, uma vez, de uma paixão secreta de adolescência. Ela era minha melhor amiga no Imaculada Conceição. Sabia que era impossível e fiquei na minha, resignada. Mas, um dia, mexendo de brincadeira nas minhas coisas, ela se deparou com um poema de amor que escrevi. Seu olhar de entojo foi digno de vilã de novela mexicana. Dali em diante, ela só me torturou na escola. Inventou sei lá que fuxico, as garotas me ignoravam. Minha vida social acabou.

O país nos anos 80 estava arrebentado e eu, lascada. De dia, a escola católica (insuportável). À noite, fantasias passionais com a Brooke Shields. Fim de semana fechada em casa vendo TV. Assisti ao casamento da Lady Di. Nelson Piquet foi campeão da Fórmula 1. O papa levou um tiro. Era de meter o dedo no olho.

Já se foram dez anos. Cacete. Mês que vem faço vinte e sete. Logo, chegam os trinta.

Então você vai prestar Ciências da Computação? Surpreendente. Pelas tuas cartas, avaliei que escolheria

Letras, Teatro ou algo assim. Nunca imaginei que curtisse Matemática de verdade. Melhor pra você, de vera. Trabalhar com cultura é osso de segunda.

OBS.: Acho que posso confessar, pensei que talvez você viesse estudar em SP. Miragens de uma senhorita (momentaneamente) solitária. Mas que seja o nosso destino: trocar cartas cheias de saudade, sem nunca nos encontrarmos, como no filme *Nunca te vi, sempre te amei.*

Lembranças do roçado do meu coração,

Érica

CURITIBA, 15 DE NOVEMBRO DE 1991

Oi, Érica.

Faz tanto tempo que não te escrevo. Às vezes, penso nisso, prometo que vou reservar um tempinho pra você. Mas tenho um calendário colado na frente da minha escrivaninha. Os horários e as matérias para estudar todos os dias. Estou seguindo meu plano. De noite, minha cabeça fica tão cansada que só consigo ver TV e dormir.

Faltam quatro semanas para o vestibular. Menos de um mês. Hoje é feriado, mas não importa. Estudei. Amanhã é sábado e tem aula normalmente. Faço dez exercícios de três matérias todos os dias. Alguns são fáceis e termino rápido. Outros são difíceis, cheguei a passar trinta minutos pra resolver uma questão.

Até minha mãe se admirou. Ela diz: “Luísa, já tá bom por hoje. Você tem que descansar”. Mas enrolei muito no começo do ano. Agora, preciso compensar. QUERO passar no vestibular este ano. VOU PASSAR.

Nossa, que exagero. Nem parece eu.

Virei uma chata bitolada, ahahah. Mas não é sério assim. Vou confessar meu segredo: tudo isso é por causa de um apartamento imaginário.

Quando a gente tinha quinze anos, eu e a Rafaela ficamos apaixonadas pelo filme *O primeiro ano do resto de nossas vidas*. Assistimos um milhão de vezes. A Rafaela amava o Andrew McCarthy (ela gosta do tipo *babyface*, quase feminino, e eu achava que isso poderia significar outra coisa, veja só). Eu (óbvio) preferia a Demi Moore – e disfarçava meu interesse secreto elogiando o apartamento *pink* da personagem, que a Rafaela adorava. Desenhamos num caderno a planta e a decoração de todos os cômodos do apartamento: as almofadas, os enfeites de neon, as cortinas esvoaçantes. Imaginávamos nossa casa assim quando tivéssemos um lugar só nosso.

Sonhei tanto com esse apartamento, em que talvez morássemos juntas, as duas já formadas na faculdade, as duas trabalhando. Virar adulta pra mim era isto: morar com a melhor amiga.

Claro que meus sentimentos pela Rafa eram totalmente bagunçados, e nem me dava conta. Sempre que a emoção mais forte me dominava, eu varria pra debaixo do tapete e me convencia que nossa amizade, apesar de intensa, era totalmente assexuada.

Nunca mais falei com a Rafaela. Mas o sonho do apartamento sobrevive, mesmo com outra decoração e outra companhia. Então, estou aqui no quarto, com o calendário do vestibular na parede. No sábado e no domingo marquei "v". É quando vejo a Vanessa.

Combinei com ela assim. Durante a semana, estudo, sem me distrair. Sábado, ela vem aqui ou eu vou pra casa dela.

Contei tudo pra minha mãe. Achei que era melhor. Uma noite, a Vanessa telefonou e a mãe ficou desconfiada. Antes que ela criasse um grande drama, resolvi contar.

Ela ficou superséria.

– A Beatriz está sabendo disso? – ela perguntou (é a amiga dela, mãe da Vanessa).

– Está.

– E ela concordou com isso?

– A Vanessa já teve outra namorada antes de mim.

– E você é "namorada" dela? De verdade?

– Sou.

Achei que ia fazer um escândalo. Mas então, ela disse:

– Vou conversar com a Beatriz. Quero ver se ela está realmente de acordo com isso.

Foi assim. Não exatamente uma reação carinhosa nem acolhedora, mas, ao menos, conseguimos conversar. A Beatriz, como mãe, é bem mais compreensiva que a minha. De certo modo, tenho sorte por elas serem amigas. Se minha mãe não admirasse tanto a Beatriz, minha vida seria bem mais difícil.

Uma coisa legal é ver a Vanessa brincando com o Felipe, meu irmão. Ela é boa de videogame.

OBS.: Resolvi economizar e comprar um computador pra mim também. Vai ser importante na faculdade. Não tenho nenhum dinheiro guardado, mas está na hora de aprender. Minha avó vai me dar 100 mil cruzeiros se eu passar no vestibular. Não sei se te falei, ela era professora numa época em que poucas mulheres trabalhavam. É supereconômica, não gasta com nada, e tem o maior orgulho quando os netos vão bem na escola.

Bem, vou parando por aqui. Está na hora de jantar. Minha mãe passou o dia em casa lavando as cortinas, limpando os tapetes, revirando a casa toda. Ela andava meio desanimada e a casa tava superbagunçada. Agora, resolveu "virar a página".

OBS. 2: Fiquei pensando no que você escreveu, sobre estar "momentaneamente solitária". Espero que ande tudo bem por aí no trabalho e etc. Você continua na *Twist*? Espero que sim. Nunca mais li. Um dia, quando estiver mais tranquila (depois do vestibular), vou comprar a revista pra matar as saudades.

Um beijinho.

Luísa

P.S.: Reli agora esta carta antes de colocar no envelope. Fiquei meio triste de lembrar da Rafaela. Ainda nem ficamos adultas e já não somos mais amigas. Outro dia, eu a vi descendo do ônibus, perto da escola de inglês. Fingiu que não me viu e passou reto.

Ela telefonou para a Naomi uns dias atrás. Disse que me viu com a Vanessa na rua. Disse que "sempre soube" que eu era assim e que se admirava da Naomi continuar minha amiga. É muito estranho acabar uma amizade desse jeito tão cruel. Antes, acreditava que, conversando, ela poderia me entender. Mas deixa pra lá, é melhor nem pensar nisso. Tenho certeza que sempre fui correta com ela, mas, às vezes, acontecem mal-entendidos que a gente não tem a chance de esclarecer.

33.

RIO BRANCO, 23/12/91

Minha querida Luísa.

Estou na casa dos meus pais, com as trouxas todas. Avalie uma mudança. Pedi demissão da *Twist*, devolvi o apartamento do Cássio (que era alugado). A mala tá na porta. Dia 4 de janeiro, embarco para os EUA. *Bye bye, Brasil.*

Foi apurado acertar tudo nas últimas semanas. Doei móveis, taquei fora um fogão velho, o chuveiro queimado etc. (Nada valia muito. Só os discos, livros e CDs, que trouxe pra Rio Branco.) Encaixotei as coisas do Cássio e mandei pra casa da mãe dele. Pintei o apê e entreguei a chave na imobiliária. E pronto.

Ao mesmo tempo, varava as noites na *Twist* pra deixar tudo certo antes de sair. Avisei que ia pedir as contas, mas fiz questão de adiantar as edições de dezembro e janeiro, num acerto justo entre as partes. O Ratier foi camarada, fez que fez e acabou conseguindo a minha demissão. Tô arranjada. Recebi quase um barão, quero dizer, um milhão de cruzados-cruzeiros-mirréis de direitos trabalhistas. Nunca vi tanta grana junta na minha vida. Comprei tudo em dólar, uma pochete cheia para a viagem.

Então, é isto: Pittsburgh, aí vou eu. São as loucuras que uma garota faz pra se encontrar. Repare que tenho meus planos. Troquei umas ideias com a correspondente da *Twist* em Los Angeles, ela me passou datas e sugestões de vários shows nos EUA. Lá, tem avião pra todo canto, vou entrar numas de repórter internacional. Já acertei com o Ratier de mandar entrevistas e matérias.

Também estou pensando em comprar um equipamento de vídeo. Talvez fazer um curso pra aprender a editar e a mexer direito na câmera (sou lesa com equipamentos, mas dedicação resolve tudo). A MTV está começando no Brasil e talvez seja um bom lugar pra mim no futuro.

O que achas, minha curitibana? Vai chorar minha partida? Diz que sim, pelo menos um pouquinho. Nas tuas andanças, guarda um canto no teu coração pra mim.

Estou empolgada. Além dos meus "planos profissionais" (uau), tem o Cássio, claro. O ponto de partida dessa mudança. Fiquei semanas remoendo e cheguei à conclusão que preciso ajeitar certas coisas na minha existência. Estou há anos nessa presepada, meio com ele, meio solta por aí, resistindo à ideia de me comprometer. O resultado disso é que ainda não descobri quem sou eu, em termos amorosos: quero alguém pra mim, ou não? Minhas bebedeiras com mulheres, aqui e ali, significam algo mais que uma aventura de momento? Admiro a tua clareza em relação a isso: você sempre soube o que queria (embora, claro, não fosse fácil, mas, internamente, você sabia). Sou mais cagona. Toda minha coragem se direcionou ao trabalho e a ousadias culturais. Quanto ao amor, nunca me olhei no espelho pra avaliar se sou uma hétero aventureira, bissexual, ou lésbica enrustida.

Assim, por hora, decidi dar uma testada na minha relação mais duradoura, que é com o Cássio. Gosto mesmo dele: como pessoa, como parceiro, como amigo. Vale apostar numa viagem exclusiva com ele para ver aonde chegamos.

Ele estava num dormitório para estudantes, mas conseguiu um quarto e sala pra nós dois (numa casa antiga dividida em vários apartamentos). Já está bem instalado, trabalhando em tempo integral num superlaboratório experimental da Universidade. A ideia é juntarmos uma grana pra passar um tempo em Berlim depois que ele terminar o curso. Estou levando até umas apostilas de alemão. Tipo curso de idiomas Globo – aprenda alemão em dez fascículos.

Dizem que a vida começa aos quarenta. A minha está começando de novo aos vinte e sete. Talvez seja meio clichê – sair do país, sonho da minha geração pelos piores motivos. Como diz a *Casseta Popular*, "a saída para o Brasil é Cumbica ou o Galeão". Mas não estou concorrendo a prêmios no quesito originalidade, e quem fica parada é poste.

Quis te escrever antes pra contar a novidade. Quem sabe ainda recebia uma última carta tua antes de viajar. Mas não venci o tanto que tinha a fazer. Daqui a nove dias, viajo; difícil você me responder tão logo. Saiba que de dois anos na *Twist*, o que vai dar mais saudades são tuas cartas.

Nos meus planos, volto ao Brasil só em maio, para o aniversário de casamento dos meus pais. Os velhos vão fazer trinta anos juntos. Vai ter festança com toda a família (de Recife, Belém, Rio, e uns primos do Distrito Federal). Avalie o bolero.

Anota este endereço de Rio Branco. Você pode escrever pra cá, sempre que quiser. Minha mãe guarda as cartas pra mim até eu voltar. Me avisa quando sair o resultado do vestibular (tenho certeza que você vai passar). A gente vai e volta. "A vida é cigana", como dizia Geraldo Azevedo.

Sou péssima de despedidas. Tenho coração mole por trás desta cara enfezada.

Feliz Natal, maninha. Quem sabe um dia a gente se cruza por aí.

Espero que sim.

P.S.: Antes de sair da *Twist*, peguei na gaveta todas as cartas que você mandou. Vou guardar com carinho aqui na minha escrivaninha antiga, em Rio Branco.

34.

CURITIBA, 17 DE ABRIL DE 1992

Oi, Érica.

Lembra de mim?

Sou aquela garota curitibana que te mandava uma enxurrada de cartas algum tempo atrás. A adolescente com gravíssima deficiência das vitaminas semancol e vergonha-na-cara.

Se não lembra, melhor. Finge que sou uma jovem experiente e sofisticada que você acabou de conhecer. Até meu cabelo está diferente. Cortei curtinho, tipo a Tracy Camilla Johns em *Ela quer tudo*. Sempre quis fazer isso. Neste ano, tive coragem.

Também estou mais corajosa em relação a camisetas justas no corpo. Tem um bar só de mulheres aqui, que ando frequentando. As bolachas são exigentes em relação a estilo. As roupas dão sinais de qual é a sua, em termos de atração e relação. Encontrei um estilo pra mim, calça apertada, cinto, camisa com três botões abertos. Estou em paz com meus peitos (as mulheres gostam). Do desconsolado estilo de adolescência, sobraram apenas meus velhos tênis All Star. É legal andar poderosa, como uma versão garota do Lionel Richie. Estou causando espanto na faculdade, rá-rá-rá.

O tênis também é estratégico porque o campus é longe. Não tem ônibus direto de casa. Vou andando até o centro e pego o Ligeirinho (um ônibus novo que inventaram aqui, com menos paradas, pra ser mais rápido). Entre caminhar, ônibus e tudo, gasto uma hora, o que é bem razoável. É bom andar de manhã. Acorda o cérebro.

Como você vê, passei no vestibular. Ufa! Foi por pouco. Fiquei em quarto lugar na lista de espera. Mas, felizmente, uns CDFs não se matricularam (devem ter passado no ITA ou na Unicamp) e sobrou uma vaga pra mim.

A Faculdade é incrível. Quer dizer, sendo honesta: o campus é um terreno meio abandonado. Não cortam a grama direito, a calçada é esburacada, enche de poças quando chove. Os prédios são feios e dizem que fica gelado no inverno. Os equipamentos são velhos e metade dos professores não faz o mínimo esforço pra dar aula (quando aparecem).

Mas é ótimo estar num lugar onde as pessoas raciocinam cientificamente. Onde você encontra base para suas teorias futuristas. Minha turma tem mais homens que mulheres. Alguns são meio boys e preconceituosos, como o resto da cidade, mas a maioria acaba te respeitando se você vai bem nas provas. Sendo alta, inteligente e meio andrógina, confundo tanto que assusto os mais cretinos. Nas provas de cálculo, preciso queimar os neurônios pra tirar 8 ou 9 (tem gente que tira 1 ou 2). Estou me dedicando seriamente. Se levasse nas coxas, não conseguiria resolver metade dos exercícios.

E você, como está nos EUA? Estou supercuriosa. Imagino as nuances de sentimento que você está descobrindo, agora, em sua fase comprometida. E repórter INTERNACIONAL. Me conta todos os detalhes, inclusive sobre a Universidade do Cássio, como foi o curso, a bolsa etc. Estou fazendo meus planos, também vou tentar uma bolsa de mestrado quando me formar. Uns colegas disseram que existe algo chamado "bolsa-sanduíche". Você faz mestrado aqui no Brasil, mas ganha bolsa pra ficar um ano numa universidade estrangeira, no meio do curso (por isso o "sanduíche"). Pra conseguir uma vaga, precisa ter boas notas desde a graduação, por isso estou caprichando.

Vou mandar esta carta para Rio Branco, como você disse. Não sei exatamente quando é o aniversário dos seus pais, por isso, escrevo agora no fim de abril. Pra garantir, caso o correio atrase etc.

Não sei se seus planos ainda são os mesmos... talvez a festa tenha sido cancelada e seus pais, com saudades, decidiram morar nos EUA contigo (brincadeira). Ou decidiram fazer um cruzeiro de luxo e danem-se os parentes. Enfim... não sei quando você vai ler esta carta.

Mesmo assim – mesmo que demore cinquenta anos e você esteja velhinha de bengala e cabelo branco –, queria te agradecer. Te dizer obrigada, de verdade, do fundo do coração.

Este ano começou tão feliz. Tão diferente das angústias e sofrimentos infinitos que passei no colegial. Ser adolescente é terrível. Ser universitária é bem melhor. Suas cartas, e sua atenção, me ajudaram tanto nessa época. Você nem imagina o quanto.

É engraçado lembrar como fui fundo naquela paixão platônica – milhares de horas pensando sobre você, lendo e relendo seus textos, imaginando cenas e encontros contigo. E nessa loucura, acabei encontrando a Vanessa, veja só! Meu avô sempre dizia uma frase: "Atirei no que vi, matei o que não vi". E foi isso mesmo.

Então, mesmo que você, velhinha, cega e alquebrada só leia esta carta daqui a cinquenta anos, depois de revirar uma caixa empoeirada de fotos antigas e contas que esqueceu de pagar, saiba que vou sempre te agradecer e te admirar, porque você é uma mulher muito legal.

Um beijo (quase maior de idade... faltam quarenta dias!),

Luísa

35.

SP/18 MARÇO 94

Luísa.

Aqui estou eu. De volta às terras brazucas. Mais magra, meus peitos quase sumiram. Cabelo curto e uma tatuagem nas costas. E *most certainly*, desnutrida depois de um ano de chope de caneca, cigarros noturnos e pouca comida.

Voltei com uma mala cheia de livros e CDs – e o bolso vazio. Nossos compatriotas vão para a Europa trabalhar duro e voltam com o cofre cheio de libras e marcos (ou dólares mesmo). Já eu, trabalhei pouco e gastei até o último centavo. Mas não me arrependo. *Carpe diem.*

Graças aos bons amigos, voltei empregada (ufa!) e estou de volta ao batente (ave...). Meu *brother* Jimi fundou uma editora – quem te viu, quem te vê. Agora, ele é empresário e meu chefe. O negócio começou como um rolo familiar (ele estava duro, a namorada engravidou, o cunhado emprestou uma grana e viraram sócios).

Lançaram uma revistinha sobre animes e games chamada *UltraBallz* e acertaram na veia. A molecada está pirada num desenho japonês que passa na Manchete, *Cavaleiros do zodíaco*. Contrataram como repórter um carinha que manja tudo de séries japonesas. Estão fazendo matérias sobre os *Cavaleiros* como se fosse uma novela – *just on time*, sucesso total.

Entrei pra editar uma outra revista, a aposta da editora no público jovem, chamada *Mundo Demo*. O projeto é muito legal, você já viu? A ideia é cobrir tudo que for alternativo – bandas, filmes, quadrinhos, games. É uma revista mensal caprichadíssima, em que estão investindo com a grana que rende da *UltraBallz*. Espero que emplaque. Comecei faz um mês, estou curtindo.

Pra mim foi um superquebra-galho nessa volta à pátria. Estou me instalando de novo – alugando apartamento, emprestando móveis etc. E também resolvendo umas coisas básicas, como ir ao dentista e regularizar meu título de eleitor (depois de dois anos fora do país totalmente desencanada). Quero ficar com tudo em dia caso me chamem pra trabalhar na Globo, como fizeram com a Maria Paula (voltei da gringa mais burguesa – meu objetivo agora é salário bom com plano de saúde e adicionais).

Mas, agora, vamos direto ao ponto, garota. Essa introdução foi pra contar que vou a Curitiba na próxima semana. Evoé!

Vou cobrir o lançamento de uma coletânea de rock pesado da sua terra. O CD se chama *Alho*. São três bandas – Caligari, Mula Preta e Coprophilia. Eles estavam quase assinando com o selo Punhal (da Warner), mas o contrato gorou. Então, foram atrás de patrocínio e conseguiram lançar o CD sozinhos. Um troço profissional de vera se levar em conta que eles mesmos estão fazendo tudo, sem nenhuma gravadora pra bancar. Pra divulgar, chamaram um cara da MTV, um crítico da *Twist* e mais euzinha. Estão tratando a imprensa dignamente, com passagem, hotel e tudo.

Sendo curitibana, você provavelmente sabe dessa história melhor do que eu. Os caras já emplacaram uns clipes na MTV e o *Diário* fez uma matéria sobre eles. Desculpe explicar o que você provavelmente já sabe. É vício de jornalista explicar tudo sempre. Perdão. Tanta conversa e nem cheguei ao ponto que interessa.

Então, lá vai: o show é na próxima sexta, dia 25. Chego em Curitiba na quinta, 24. Pensei que a gente poderia se encontrar no show, o que você acha? É num lugar chamado Circus. Começa às 21h, mas vou estar lá antes, pra fazer uma entrevista rápida de bastidores. A gente pode se ver e, depois, aproveitamos o show.

Sei lá como anda tua vida depois de tanto tempo. Talvez você esteja rodando o mundo de carona e nem veja essa carta.

Mas, se estiver por aí, dê um alô para esta sua velha amiga.

Vou ficar no hotel Marcassa, na rua Mariano Torres.

Um beijo postal agora e, quem sabe, outro pessoalmente, em breve.

Érica

36.

CURITIBA, 24 DE MARÇO DE 1994

Érica, Érica.

Uma carta tua depois de tanto tempo! Que coisa inesperada. Caramba. Já passaram dois anos! Parece que foi em outra vida – em outro século. (Aliás, é quase outro século mesmo. Viu que estou escrevendo no computador agora?)

Então você voltou. Continuo aqui. Sem caronas nem volta ao mundo. Ainda no mesmo quarto, na casa da minha mãe. As coisas estão um pouco diferentes agora. Minha mãe está namorando, dorme várias noites fora de casa. O Felipe (meu irmão) passou no vestibular em Florianópolis e foi pra lá em fevereiro. O apartamento é quase meu agora. Faço as compras, lavo minha roupa, cozinho minha comida. Como se morasse numa república e minha mãe fosse uma estudante de intercâmbio (mais fora que dentro de casa).

Legais as novidades, sobre a editora do seu amigo e etc. Não sabia nada dessas bandas e desse show. Nunca mais li a *Twist*. Também não vejo muito a MTV (só assisto Liquid Television, adoro *Aeon Flux!*). Meu pai sempre me atualizava sobre os assuntos de rock, mas, ultimamente, entrou numa onda gauchesca. Anda ouvindo milongas e um pianista argentino chamado Fito Paez.

Sua carta chegou ontem, quarta-feira.

Confesso que você me pegou MUITO desprevenida.

Depois de tanto tempo, um convite assim, de repente. Pra AMANHÃ.

Achei que essa história estava bem guardadinha num canto infantil da minha memória. E agora, quem diria. Meu coração disparou com a ideia de te encontrar.

Estou escrevendo esta carta justamente por isso.

Pensei em deixar na recepção do hotel hoje mesmo. Assim, você não ficaria decepcionada de não me ver. (Talvez seja pretensão minha imaginar que você ficaria triste.)

Mas, ao mesmo tempo, nem isso consigo fazer, aparecer por lá com uma carta na mão. Talvez, você já esteja no hotel. Imagina se te encontro na recepção, por acaso. Meu coração não aguentaria.

Estou angustiada aqui... Parece que tenho quinze anos outra vez.

Poderia até me justificar. Dizer que já tinha marcado alguma coisa (aliás, é verdade). Que não seria fácil desmarcar tudo de repente (também é verdade).

Mas, o motivo real é que não consigo.

Tenho medo de te encontrar e mexer nessa história de novo. Ela teve um fim bonito. Um epílogo poderia estragar tudo.

Vou fazer o que é mais sensato. Vou mandar esta carta pelo correio mesmo. Quando voltar pra SP, você lê meus motivos nesta tentativa de explicação. Espero que me entenda.

Tem uma frase do Nelson Rodrigues que é mais ou menos assim (li a biografia dele, que a mulher do meu pai me emprestou): "Amor que é amor nunca acaba. Se acabou, não era amor".

É isso mesmo. Nunca acaba.

Mas de que maneira sobrevive, é outra questão. Às vezes, é melhor ficar ali na memória, já é suficiente. Uma saudade de vez em quando.

Um beijo,

e mais outro de gorjeta.

Desculpa minha saída pela tangente.

Luísa

(Bilhete escrito num guardanapo. Entregue pelo assistente de produção da casa de shows Circus.)

Luísa,
Te vi entrar.
Estou no fundo, terminando a entrevista.
Me espera no bar.
Logo te encontro.
Beijo.

CURITIBA, 10 DE ABRIL DE 1994

Oi, Érica.

Faz duas semanas que nos encontramos. Fiquei esses dias com uma sensação tão feliz. A vida, às vezes, parece meio mágica, como uma história em que as pontas se amarram e tudo dá certo, apesar de tudo.

Foi tão legal conversar com você.

Tão surpreendente e, ao mesmo tempo, tão simples. Uma conversa natural e amiga, sem vergonha, sem medo de dizer algo errado.

Antes, tive pânico do que iria acontecer. Achei que precisaria ser muito esperta e moderna e charmosa pra manter a imagem que você tinha de mim por escrito. Um medo enorme de não conseguir.

Mas, na hora, foi tão fácil. Não precisei planejar. Estava acontecendo. Foi só aquele momento, mas que importa? Tanta coisa já pra fazer no dia seguinte, na outra semana e depois. Mas lembro tudo, é tão vivo.

Agora, temos a nossa noite. O nosso encontro. Algumas horas em que tudo foi imediato e real. Como dizia o Ritchie, a vida tem dessas coisas.

Foi engraçado como tudo se acertou tão por acaso. No começo, quando você veio me cumprimentar e apareceu aquele outro jornalista, achei que tinha entrado numa furada. O cara me cantando descaradamente, que imbecil. Ainda bem que apareceu de longe o Wallace com o namorado dele. Quase fui embora, mas resolvi esperar um pouco e fiquei com eles pra ver o que acontecia.

Quase fugi, como você disse. Mas respirei fundo porque já tinha ido tão longe, seria muita covardia desistir. Depois, quando saímos pra conversar no estacionamento, o tempo passou rápido e durou muito, dá-lhe Einstein e teoria da relatividade.

Nunca tinha feito isso antes: tomar gim-tônica fumando Galaxy longo. A turma da faculdade só bebe cerveja. Às vezes, filo um cigarro de alguém, mas você tem toda razão, se é pra fumar, que seja com elegância.

Queria te dizer coisas lindas agora. Queria contar tanta coisa que senti. Mas não vou colocar nada por escrito, dadas as nossas circunstâncias atuais.

Mesmo isso ficou suspeito, acho. "Não vou deixar nada por escrito." Eu mesma fico imaginando as orgias escandalosas que o silêncio sugere.

Melhor voltar às palavras do começo.

Um encontro natural e amigo.

Duas mulheres encostadas num carro qualquer, num estacionamento escuro, dividindo um copo de gim-tônica e um único cigarro.

Foi engraçado te explicar como, afinal, acabei gostando da MPB dos anos 1970. Seguindo teus passos, ando apaixonada por tudo daquela época. As influências afetivas deixam marcas fundas na gente.

Nosso encontro me faz lembrar de uma música do disco *Álibi*: "... ela aparece cantando gloriosa".

Você apareceu, gloriosa. Será impossível esquecer.

Fico pensando nesses versos do Waly Salomão que a Bethânia interpreta com aquela voz redonda, que parece fluir do fundo da lata de Nescau: "Sua cuca batuca, eterno zig-zag/ Entre a escuridão e a claridade". Não sei se entendo bem. Mas gosto da ideia que, depois de batucar entre o confuso e o claro, a gente saia dessa vitoriosa. Acho lindo quando ela canta: "... uma vitoriosa forma de ser e viver".

Sempre que você precisar de uma cientista da computação – nostálgica, de alma tropicalista e aspirações desmedidas –, já sabe quem procurar.

Muitos beijos e estrelas luminosas,

Luísa

AGRADECIMENTOS

A André Forastieri, Anna Tempesta, Bia Abramo, Bruna Trigueiros Lins e Gerson Sintoni, pela colaboração na pesquisa para este livro.

SABINA ANZUATEGUI lia a revista *Bizz* na adolescência em Curitiba, e escrevia o jornalzinho da escola numa Olivetti Studio azul. É autora de *Uma mulher sem ambição* (2021), *Luciana e as mulheres* (2019), *O afeto* (2011) e *Calcinha no varal* (2005).

Edição Bruno Zeni
Capa e projeto gráfico Sílvia Nastari
Preparação de texto Cláudia Ribeiro Mesquita
Revisão Carmen T. S. Costa

Imagem de capa © Istockphoto

Dados Internacionais de Catalogação na Publicação (CIP)
(Laura Emilia da Silva Siqueira CRB 8-8127)

Anzuategui, Sabina.
Escrevi pra você hoje / Sabina Anzuategui; capa e projeto gráfico, Sílvia Nastari. 1ª ed. – São Paulo: Editora Quelônio: 2023. 160 pp.; 13 x 21 cm.

ISBN 978-65-87790-44-2

1. Ficção: Literatura brasileira
I. Anzuategui, Sabina. II. Nastari, Sílvia.

13-20233 CDD 869.93

Índices para catálogo sistemático:
1. Ficção: Literatura brasileira
869.93

Editora Quelônio

Rua Venâncio Aires, 1072
Vila Pompeia / São Paulo - SP
CEP 05024-030
www.quelonio.com.br

Fontes Georgia e Flood
Impressão Rotaplan
Papéis Pólen 90 g/m² e
Cartão LD 250 g/m²
Tiragem 500 exemplares
São Paulo, abril de 2023